ヴァン・ショーをあなたに

近藤史恵

下町のフレンチレストラン，ビストロ・パ・マル。変人シェフの三舟さんと彼を慕う志村さんの二人の料理人，ソムリエの金子さんとギャルソンの僕・高築の4人で，気取らない，本当にフランス料理が好きな客の心と舌をつかむ絶品料理を提供している小さな店だ。シェフお得意のヴァン・ショーの秘密とは？　ブイヤベース・ファンの女性客の正体は？　本格的なフランスパンの店を始めようと，はりきっていた女性パン職人は，なぜ突然姿を消したのか？　シェフのフランス修業時代のエピソードから，客の視点で語られる物語まで，全7編をご賞味あれ。

ヴァン・ショーをあなたに

近　藤　史　恵

創元推理文庫

VIN CHAUD POUR VOUS

by

Fumie Kondo

2007,2014

目　次

Table des matières

BISTRO PAS MAL

BISTRO PAS MAL

錆びないスキレット
La poêle ne se rouille pas
11

憂さばらしのピストゥ
Un pistou malhonnête
41

ブーランジュリーのメロンパン
Viennoiseries ou pas ?
71

マドモワゼル・ブイヤベースにご用心
Attention à Mademoiselle Bouillabaisse
105

氷　姫
La princesse des glaces
137

BISTRO PAS MAL

天空の泉
Fontaine-sur-ciel
169

ヴァン・ショーをあなたに
Vin chaud pour vous
199

解説　大矢博子
postface : Oya Hiroko
228

初出一覧
sources
236

ビストロ・パ・マル　スタッフ表
personnel de ce bistro

料理長
chef

三舟忍

副料理長
sous chef

志村洋二

ソムリエ
sommelière

金子ゆき

ギャルソン
garçon

高築智行

ヴァン・ショーをあなたに

錆《さ》びないスキレット

La poêle ne se rouille pas

うすうす感づいていたことがある。

店でいちばん、怖いのは、三舟《みふね》シェフである。頭ごなしに叱りつけるようなことはないが、いつもむすっとしているし、怒るときには怒る。

もうひとりの厨房《ちゅうぼう》スタッフの志村《しむら》さんは、口角の上がった口元のせいで、常に笑っているような顔立ちをしていて、とても人当たりがいい。ぼくが、ビストロ・パ・マルで働くようになってから、ずいぶん経《た》つけど、声を荒らげて怒ったところは見たことがない。唯一機嫌が悪くなるのが奥さんの話で……いや、この話はまた別の機会に譲ろう。

ともかく、三舟シェフと違って、志村さんはとても穏やかで感じのいい人である。

しかし、ぼくとソムリエの金子《かねこ》さんの意見は、一致している。

本当に怒ったときに怖いのは、シェフではなく、志村さんであろう、と。

その日、金子さんと一緒に休憩から帰ってくると、厨房から言い争う声が聞こえた。ぼくたちは顔を見合わせた。〈パ・マル〉は四人だけの店だから、喧嘩しているとすれば、志村さんと三舟シェフ以外にはありえない。

しかし、ふたりが言い争っているところなど、今まで見たことはないのだ。これは、ただならぬ事態が起こったのに違いない。

おそるおそる、厨房をのぞく。まだ内容まではわからないが、まくしたてているのは、志村さんのほうだ。三舟シェフがなにかに腹を立てて、それを志村さんがなだめているというのなら、まだ、理解できる。だが、あの志村さんが、こんなに早口でまくしたてているなんて、いったいなにが起こったのだろう。

「あなたは、自分のやったことがわかってないんです！」

「わかってるよ。だけど、そこまで言われるようなもんか？」

金子さんが、声に出さずに口だけ動かして、ぼくに話しかける。

(あなた、だって)

志村さんは、普段、三舟シェフのことは、「シェフ」としか呼ばない。自分の上司を「あなた」と呼ぶ人がいれば——その人は間違いなく、上司に腹を立てているのだ。

「そりゃあ、あなたは軽い気持ちだったでしょう。可愛いから、ちょっとそんな気になっただけでしょう。だけど、それがこの後、こういうことになるのはわかっていたはずです」

「いいじゃねえか、ちゃっちゃと追っ払ってしまえば」

「それがいけないんです！」

志村さんの声が一オクターブ上がる。シェフが肩をすくめるのが見えた。あきらかに、シェフのほうが劣勢である。

「いいですか！　自分のやったことには責任を取ってください」

金子さんが、また口を動かす。

（もしかして、女性関係？）

あのシェフがまさか、と言おうと思ったが、すぐに考え直す。シェフだって、立派な三十代の独身男性である。客か、志村さんの知り合いの女の子に手を出してしまって、妊娠発覚、とかそういうことだって、あるかもしれない。なんかショックだが。

そのとき、足下で、小さな鳴き声がした。

それと同時に、ぬるり、としたものが、足首に触れた。

「うわあっ！」

声をあげてしまったとたん、シェフと志村さんがこちらを向いた。

あのときのシェフの、助けを求めるような顔を、ぼくは一生忘れないと思う。

足下にいたのは黒い痩せた猫だった。店の照明を落としていたので、暗闇に紛《まぎ》れていたのだ。

†

事の起こりはこういうことらしい。

数日前、ゴミを出すため、厨房口から出たシェフは、ゴミ捨て場にこの小さな猫がいるのを見つけた。

どうやら、残飯のいい匂いにつられてきたらしいが、野良猫に荒らされないように、ゴミ箱にはきっちり蓋をして、鍵もかけている。猫はどうすることもできずに、ゴミ捨て場で小さな声で鳴いていたという。

ちょうど、その日、サラダに使った蒸し鶏の残りがあったのを思い出したシェフは、つい、黒猫にやってしまったという。

「いや、ゴミを漁《あさ》られるより、マシだと思ったんだよ」

シェフはそう言い訳したが、鍵をかけたゴミ箱を漁ることのできる猫などいない。要するに可愛かったから、やりたくなったらしい。

そして、その翌日、外に出るとまたその猫がいたという。手でしっしと追っ払ってみたが、厨房口から離れようとしない。仕方なしにシェフは、その日は鰯《いわし》を一匹やったという。

「ほら、自家製アンチョビを作るために、下処理してあったやつがあったからさ」

猫は、にゃんとお礼を言って（と、シェフが言った）とことこと去っていった。

そして、その翌日も猫はいた。さすがにまずいと気づいたらしいが、シェフはつい、タルタル用の牛肉を少し分けてやった。

その翌日は、客の食べ残した鱸《すずき》のグリルを冷蔵庫に置いておき、猫がくる前から味の濃くない部分を取り分けて準備してあったという。

「おかしいと思ったんです。あきらかに食べ残しの皿が冷蔵庫にあったから。でも、味になにか問題があって調べるつもりかと思いました」

志村さんがためいき混じりにそう言った。

かくして、すっかりビストロ・パ・マルの料理に味を占めた猫は、毎日、店の厨房口に座り込み、にゃあにゃあと鳴いて、餌《えさ》の催促をするようになったという。

「どうするつもりなんですか。うちのゴミ箱には、鍵をかけてありますが、商店街のほかの店でゴミを漁るかもしれない。糞尿だってまき散らすでしょう。それだけじゃない。この先、野良猫がどんどん増えたらどうするつもりなんですか！」

志村さんに叱られて、シェフはしょんぼりとうなだれている。

「軽い気持ちだったんだよ」

シェフの気持ちもわからなくはないが、志村さんが怒るのも無理はない。うちだけの問題ではないし、近隣の店にも迷惑をかける。

「だからさ、もうやらないよ。次からは水でもかけて、追っ払う」

そう言った瞬間、志村さんはキッとシェフをにらみつけた。

「それで済む問題じゃありません。もっと、きちんと後始末をしないと」

まさか、保健所へ連れていくというのだろうか。飲食店のまわりを野良猫がうろうろしているのは、たしかにまずいが、そこまでするのは寝覚めが悪い。

「どうするんだ？」

おそるおそる尋ねたシェフに、志村さんはきっぱりと言った。

「家に連れて帰って、飼ってください」

†

志村さんはあまり自分の話をしない。だから、彼が並はずれた猫好きで、家に四匹も飼っているということも今、はじめて知った。

「猫に餌をやるということは、そういうことです。その猫に責任ができるのです。だから、シェフ、きちんと責任を取ってください」

「そ、そんなこと言われても、おれ、猫なんか飼ったことないし……」

「大丈夫です。飼い方はわたしが教えます。犬と違ってしつけなども必要ないし、経験がなくても飼えます」

「おれ、ひとり暮らしだから、ほとんど家にだれもいないし……」

「だとしても、夜帰ってきちんと遊んであげれば、大丈夫です。なんだったら、もう一匹飼うという手があります」

「駄目だ、だって、うちのマンションはペット禁止だ」

「なら、引っ越してください」

志村さんはあくまでも容赦がない。ぼくも猫は好きだが、ひとり暮らしなのもシェフと一緒だし、ペット不可のアパートに住んでいるのも同じだ。

シェフは、助けを求めるように金子さんの顔を見た。

「あ、わたし、ハムスター飼っているんです。だから、猫は駄目」

金子さんはあっさりとそう言って逃げた。

「しかしなあ……やっぱり、うちは動物を飼うような環境ではないと思うんだが……」

志村さんの顔を上目遣いに見ながら、シェフは小さな声でそう言った。

「なら、もらい手を探してください。その間だったら、わたしが家に連れ帰って預かっていてもいいです」

志村さんに言われて、シェフは勢いよく頷《うなず》いた。

「ああ、探す。絶対に探す」

かくして、ビストロ・パ・マルのレジ横には、「猫もらってください」の貼り紙が、貼られるようになったのである。

†

その数日後の夜だった。

カウンターの席に座ったのは、近所に住む田上《たがみ》夫妻だった。

店にくるのは、今日で二回目だから、常連というわけではない。だが、話し好きのご夫婦で、前回来店したときにもカウンターに座り、志村さんやシェフと、閉店間際まで話し込んでいた。そのせいで、ぼくもはっきりと覚えている。

アントレの春野菜のビネガー煮を一口食べて、奥さんの靖子《やすこ》さんは、ためいきをついた。

「ああ、幸せ。なんで、ただ野菜を煮ているだけなのに、こんなにおいしいのかしら」

志村さんが笑顔で答える。

「春の野菜は、たいして手を加える必要はないんです。生命の息吹《いぶき》にあふれていますからね。その味を引き出してやるだけでいいんですよ」

アスパラガス、グリンピース、春キャベツ、そらまめ。そんな春にしか食べられない野菜を、絶妙の火加減で甘みが出るように火を通して、ワインビネガーを入れて煮込む。酸っぱくなりそうだが、それほどでもなく、爽《さわ》やかな酸味が野菜の甘みと調和して、春らしい一皿になっている。

最後に、バターを少し入れて火を強め、はしばみ色に焦がして風味をつけるのがコツである。

ご主人の尚志《ひさし》さんのほうは、ホワイトアスパラのオランデーズソース添えを食べている。これもまた、春にだけ食べられるメニューである。缶詰に入っているような細いのではなく、まるまると太ったホワイトアスパラは、ただ茹《ゆ》でただけでもとろけるように甘い。

「以前にここの料理を食べてから、もう一度早くきたいと思っていたんだが、やっと念願かなったよ。半年ぶりだな」

「そうね。去年の秋だったからね」

「お忙しかったんですか?」

そう志村さんが尋ねると、尚志さんは首を横に振った。

「いや、外食できないほど忙しいわけではないが、うちは中学生の息子がいるからね。やはり外食となると、トンカツ屋や焼き肉屋など、そいつが喜ぶものになってしまう。どうも、あんまり凝《こ》った料理はうまいと思わないようだ」

三舟シェフがそれを聞いて頷いた。

「わたしだって、中学生のときはフランス料理なんか食べたことなかったし、食べたっておいしいとは思わなかったでしょうね」

靖子さんはくすくす笑いながら言った。

「パスタも、ファミリーレストランのや、家で作るミートソースは大好きなくせに、本格的なイタリアンは嫌みたい」

「そういうものでしょう。中学生のときから、家のミートソースよりも、イタリアンのリストランテが好きな男の子は、あんまり可愛くないですよ」

「たしかにねえ」

そう言ってから、靖子さんは少し遠い目をした。

「でも、中学生になってからよ。半年に一度でも、こうやって主人とふたりで、好きなレストランに行けるようになったのは。子供が生まれてからは、ふたりっきりで出かけるなんて難しかったわ。子供連れで行けるのは、ファミリーレストランや、回転寿司とかばっかり。子供が生まれるまでは、ふたりでよく行ったのにね」

志村さんは頷いた。

「欧米では、子供を寝かしつけてから夫婦で出かけたり、ベビーシッターを雇ったりして、夫婦ふたりの時間を大事にしますけど、日本ではそういう習慣はないですからね」

たしかに、〈パ・マル〉でもランチのとき、たまに小さい子連れの主婦たちが食べにくることはあっても、ほとんどの場合は大人しか店に出入りはしない。

ファミリー向けの店はたくさんあるから、棲《す》み分けがされているのだと思っていたが、つまりは、子供を持った夫婦は、本格的なレストランに行く機会が滅多になくなるということでもあるのだ。

「中学生になってから、学校のスキー合宿だの、修学旅行だの泊まりでいなくなることがときどきあるようになったからね。そういう夜を利用して、好きな店にきているんだ」

尚志さんのことばに、三舟シェフは頭を下げた。

「どうもありがとうございます」

「今日は、息子さんはどうなさったんですか？」

志村さんの質問には、靖子さんが答える。

「連休だから、親戚のところに遊びに行ってるの」

メインの注文は、仔羊のハーブローストだった。シェフが慣れた手つきで、あらかじめマリネしてあったラムラックを、鉄製のスキレットの上に入れた。

「おおっ、さすがにプロのスキレットはいい色だねえ」

尚志さんが身を乗り出すようにして、そう言った。

スキレットというのは、分厚い鋳鉄でできたフライパンである。大きいものなどは片手で持ち上げるのもやっとというくらい重くて、その分、熱をしっかり抱え込む。もちろん、重いから煽《あお》るような炒め物には向かないが、ローストやグリルなどには、最適である。三舟シェフは、スキレットを使う肉料理が得意で、厨房にはこの重いフライパンがいくつも置いてある。

「料理がお好きなんですか？」

横でパテを切っていた志村さんが尋ねた。

料理に興味のない男性なら、スキレットの色になど注目しないだろう。スキレットや、同じ鋳鉄のダッチオーブンは、使い込むほど油が染み込んで、黒光りしていく。この油の被膜がないと、すぐに錆《さ》びてしまうのだそうだ。

「まあ、下手の横好きってやつだ。彼女からはいつも、後片づけをしない、とか、無駄な材料を買ってくるとか叱られているよ」

「だって、料理本のとおり、全部材料を揃えようとするんですよ。ライムって書いてあったら、ライムじゃなきゃ駄目だと思っているの。レモンで代用するなんてまったく頭にないんだから」

「だから、一度はレシピどおり作ってみて、その後アレンジするんだ」

「そんなこと言うけど、同じ料理を二度作ったことないじゃないですか。いつも、新しいレシピにばかり挑戦したがるんだから」

そんなふうに言い合っていても、まったく嫌な感じは受けない。仲の良さが伝わってくるような夫婦だった。

シェフは焼き目をつけたラムにハーブをたっぷり載せ、蓋をして、火を弱めた。

たとえば、銅の鍋ならば熱伝導のよさが長所である。火をつけたらさっと熱くなり、火を弱めれば、熱はすっと冷《さ》める。繊細な火加減が必要な料理には、こういう鍋でなくてはならない。

鉄は、火をつけてもすぐには熱くならない。だが、一度熱くなってしまうと、火を弱めてもそのままずっと熱を保ち続ける。それも分厚い鋳鉄ならば、なおさらだ。だから、煮込み料理だとか、長時間の調理が必要な料理に向いているのだ。

尚志さんは、シェフの手元をまじまじと眺めながら言った。

「いや、しかし素人にはスキレットは駄目だね。何度、手入れしても結局錆びさせてしまうんだよ」

「そうですか？　きちんと手入れしていたらそんなことありませんよ。最初にシーズニングしましたか？」

「シーズニング？」

「買ってきたスキレットに、油をまんべんなく塗り込みながら、全体を焼くことです」

「ああ、やったやった。一時間くらいかけて、説明書どおりにやったつもりなんだが」

「なら、錆びないと思いますが……洗剤で洗ったり、料理を入れっぱなしにしたりもしてませんよね」

尚志さんは情けない顔をして、肩をすくめた。

「毎回、今度こそは錆びさせないぞと、気合いを入れて、気をつけているんだよ。そんなことしないよ」

「それは失礼しました。でも不思議ですね。手入れさえしていれば、さほど難しくはないと思うんですが……」

「そうなんだよ。最初の二か月くらいはうまくいったんだが……」

靖子さんがくすくすと笑った。

「でも、丈夫でいい調理器具ですよね。使えなくなって捨てるというのなら、わたしも怒るけど、何度錆びさせても、スチールたわしで磨けば、また使えるんだもの」

「ええ、丈夫なのが鉄のいいところですよ」

「だけど、そのたびに、また一時間かけて、シーズニングするんだぞ。たまには、きみがやってくれ」

「嫌よ。わたしはあんな重いフライパン使いません」

シェフがスキレットの蓋を開ける。ローズマリーの爽やかな香りが、さっと広がった。

ラム肉をきれいに盛りつけ、岩塩、蜂蜜入りのシェーブルソース、ミントのソースの三種類を添えて、サーブする。尚志さんが鼻をひくつかせた。

「いい匂いだなあ。ラムなのに、臭みがちっとも感じられない」

「それがスキレットの威力ですよ」

肉を切り分けて、口に含んだ靖子さんも微笑んだ。

「柔らかいのね。肉もまるで薔薇《ばら》色で……本当にきれいな焼き上がり」

「こんなにうまいラムを食べさせてもらうと、またスキレットを使ってみたくなるな。去年の夏に買ってから、いろいろやってみたんだが、もう降参して、押入れにしまい込んであるんだ」

シェフは少し考え込んでから言った。

「もし、おせっかいでなければ、うちでシーズニングしましょうか。プロは油を吹き付けて、業務用オーブンの高温で焼くんですよ。そうすれば、完全に油が被膜を作って少しくらい放置していても、錆びたりしません」

無愛想なシェフがそんなことを言いだすのは珍しい。尚志さんが目を輝かせた。

「ええっ、でもいいのかなあ」

「わたしはかまいませんよ。スキレットのことが好きだし、押入れにしまい込まれていると聞いたら、なんかかわいそうです。使ってあげてください」

「いやあ、申し訳ないなあ。そういうつもりで言ったんじゃないんだが……」

そう言いながらも尚志さんはうれしそうだ。

「いつでもいいので、持ってきてください」

「じゃあ、きれいに錆を落としてから持ってきます」

靖子さんもにこにこしながら、尚志さんとシェフのやりとりを聞いていた。

デセールの、フランボワーズのソルベと、黒胡椒《くろこしょう》のアイスクリームを食べ終え、食後のエスプレッソになったときだった。

トイレに立った靖子さんが、戻ってきて言った。

「あの、レジのところに貼り紙してある猫って、どんな子ですか?」

志村さんが目の色を変えて、身を乗り出した。

「とてもいい子ですよ。まだ保護して日が浅いんですが、ちゃんと健康診断もワクチンも済ませてあります。悪戯《いたずら》もスプレーもしないし、うちで先住猫ともうまくやってますしね」

「わあ、先住猫と仲良くしてくれるんだったらいいなあ。うちにも、今猫が一匹いるから、攻撃的な子だと困るんですよ」

尚志さんが話に加わってくる。

「猫? 猫がどうしたの?」

その口調でわかる。どうやら、この夫妻も志村さんと同じく、猫が大好きらしい。

「黒の男の子ですって。ムサシと同じ」

「ムサシ？」

志村さんが尋ねると、靖子さんは急に寂しげな顔になった。

「去年の秋だったかなあ。急にいなくなってしまったんです。もともと完全室内飼いだったから、脱走なんてしたことなかったんですけど、息子が窓を開けっ放しにしてしまったらしく、そこから。その後、一所懸命探したんですけど……見つからなくって」

後を尚志さんが続ける。

「今もハンゾウという、もう爺さんの猫がいるんですけどね。ずっと、猫を三匹以上飼っていたもので、一匹だとなんか寂しいような気分になってしまって……かといって、普通の雑種が好きだから、ペットショップで買う気にもなれないし、出会いがないかと思っていたんです」

「なんでしたら、そのハンゾウくんとお見合いさせてみますか？　もし相性が悪いようでしたら、返してくださってもかまいませんし」

志村さんがそう言うと、尚志さんと靖子さんは、顔を見合わせた。視線だけで、お互いの意思が確認できたのだろう。尚志さんが言った。

「じゃあ、お願いします」

そんなこんなで、シェフが餌付けした黒猫は田上夫妻の家にもらわれていった。

それと前後して尚志さんが、何度手入れしても錆びてしまうというスキレットを、〈パ・マル〉に持ち込み、それも黒猫の毛並みとよく似た黒光りする姿になって、田上家に戻っていった。

ユキムラと名付けられたその黒猫は、幸い先住猫のハンゾウくんともうまくやれたようで、出戻ってくる気配はなかった。だから、ぼくたちはすっかり猫のことなど忘れてしまった。

まさか二週間後にそんなことが起こるとも知らずに。

†

まかないを食べ終えて、一休みしている最中のことだった。ゴミを捨ててきた金子さんが、妙な顔で戻ってきた。

「黒猫がまたいるんですけど……なんかにゃあにゃあ鳴いています」

それを聞いて、シェフと志村さんは顔を見合わせる。

「だって、あの黒猫は田上さんにもらわれていったはずだろ」

「ええ、わたしが田上さんの自宅まで届けましたから、間違いありません」

だが、耳を澄ませば、かすかな猫の鳴き声が聞こえてくる。最初に立ち上がったのは志村さんだった。シェフも後に続く。

厨房口を開けると、たしかに黒い猫がちんまり座っていた。その後ろには茶色いトラ猫もいる。

「ようし、おいで。怖くないからね」

志村さんが優しい声で話しかけ、そうっと抱き上げると、黒猫はおとなしく志村さんに抱かれた。

「ユキムラか？」

「でしょうね。ほかの野良猫だったら、こんなに簡単に抱かれたりしません。ユキムラだって、最初は抵抗しました。うちにしばらくいた子だから、わたしに抱かれることに抵抗がないんだと思います」

もう一匹のトラ猫も志村さんに甘えるように、足に身体を擦りつけている。金子さんが、そっと、その子を抱き上げると、抵抗せずにされるがままになっている。

「この子は年寄りみたいですね」

ユキムラらしき猫を撫でていたシェフが眉をひそめた。

「ん？　これなんだ？」

見れば、ハンカチのようなものが猫の首に巻いてある。首の後ろ側が小さくふくらんでいるから、風呂敷包みを背負ったように見える。

「この子も持ってますよ」

もう一匹の猫も、同じように首にハンカチをくりつけている。

「もしかしたら、田上さんのところから脱走してきたのかもしれません。とりあえず、中に入れましょう」

二匹の猫は厨房に入れるわけにはいかないので、休憩室へと向かう。

志村さんはユキムラを膝の上に下ろして、ハンカチを解いた。

「中はなんだ？」

「……煮干しです」

もう一匹の猫も、まったく同じ煮干しの包みを持っていた。志村さんはテーブルに肘《ひじ》をついて、ユキムラの顔を眺めた。

「まさか、猫が自分で、弁当もってピクニックに行くわけはないですよねえ」

シェフはそれには答えずに、なにか考え込んでいる。

「志村。田上さんの電話番号知っているか？」

「ええ、聞いてますよ。ご主人の携帯ですけど」

「じゃあ、猫が脱走していないか訊いてくれ」

†

やはり、田上さんのところの猫は脱走していたらしい。

尚志さんはまだ会社だったから、靖子さんがすぐにやってきた。

「ああ、ユキムラ！　それにハンゾウまで！　なんてお礼を言っていいのか……」

必死に探していたのか、青ざめた顔色で、目の下には隈《くま》も浮いている。今にも泣きそうな顔で、靖子さんは何度も礼を言った。

「ありがとうございます。ここの通りも、何度も探したんですけど、見つかりませんでした。もっと探せばよかった……かわいそうにお腹空いただろうに」

「うちで見たのも今日がはじめてですからね。ここまでくるのに時間がかかったんでしょう」

志村さんがそう言って、靖子さんを慰めた。

彼女の話では、四日前に二匹揃って、マンションの窓から脱走したという。

「あれほど、網戸を閉め忘れちゃいけないと言い聞かせておいたのに、息子がまた開け っ放しにしてしまったんです」

それから、名前を呼びながら家の近所をずっと探していたらしい。夜は尚志さんも参加して、大好きな煮干しを持って、このあたりをうろうろしていたという。

当のユキムラとハンゾウは、シェフにランチの残りの甘鯛などという贅沢なものをもらい、すっかり満足げな顔である。

シェフは、二匹が首に巻いていたハンカチを、テーブルの上に広げた。

「このハンカチ、どなたのかご存じですか?」

靖子さんは不思議そうにハンカチを手に取った。

「息子のです。でも、どうしてこれを?」

シェフは、かすかに笑みを浮かべて頷いた。

「なるほど、どうやらわたしの考えが正しいかもしれません」

「考え?」

「猫は、息子さんが逃がしたんです」

靖子さんが首を傾《かし》げた。

「ええ、そうです。あの子、本当にそそっかしくて……」

「そうじゃない。わざと逃がしたんですよ」

靖子さんは、きょとんとした顔になった。その表情は猫そっくりである。

「まさか……だって、あの子小さいときから、猫をとても可愛がってたんですよ。きちんとトイレの世話だってして、猫だってあの子に懐《なつ》いていて……そんなことをするなんて、信じられません」

志村さんもシェフがなにを言いだしたのか理解できないらしく、戸惑った顔をしている。だが、志村さんは知っているはずだ。シェフがこんなとき言いだすことには、突拍子《とっぴょうし》がないように見えても、理由が必ずあるのだ。

「そうです。息子さんは猫を可愛がっていた。でも、逃がさずにはいられなかったのです」

「どうしてですか？」

シェフは静かに言った。

「スキレットが錆びなくなったからですよ」

いきなり話が変わったのかと思った。靖子さんも同じように理解できないという顔をしている。

猫の脱走とスキレットといったいどういう関係があるというのだろう。

「あの……ごめんなさい。わたし、話がよくわからなくて……」

困惑《こんわく》の表情を隠せない靖子さんにシェフは微笑みかけた。

「きちんと説明します。でも、その前にいくつか質問させてください。スキレットはいつも、どこに置いてありますか」

質問の意図をつかみかねたような表情で、靖子さんは答える。

「キッチンの隅に、鍋を置くラックがあるんです。そこの下から三段目です。あんな重いもの、頭の上に置いたら危ないでしょう」

「そうですか。でも、ご主人が使った後、コンロに置いたままということはありませんか」

「それは、しょっちゅうあります」

満足したように頷いてから、シェフはまた尋ねた。

「前に飼っていた猫――ムサシくんでしたっけ。彼が脱走したのはいつ頃ですか？」

「十月の……たしか十日でした。チラシを作ったのではっきり覚えています」

「では、尚志さんのスキレットが急に錆びるようになったのは、そのあたりではないですか？」

また話が飛んだ。靖子さんは必死で思い出そうとするように首を傾げた。

「そちらのほうは、あまりはっきり覚えていなくて……でも、そのあたりだと思います。少なくとも、ムサシがいなくなってからであることには間違いありません」

「やはり、そうですか……」

シェフはそうつぶやいて、目を伏せた。

「あの、教えてください。どうして、あの子が猫を逃がしたりするんですか？　そして、スキレットとなんの関係が……」

「あまり、気持ちのいい話ではないと思います。ただ、そこに悪意が存在したわけではない。起こったのは事故だったんです」

「事故？」

シェフは靖子さんの目を見つめた。

「それは、ご両親ともいないときに起こったんでしょう。コンロに置いてあったスキレットを、息子さんがどけようとした。そのときに手がすべって、たまたま、そのとき、下にムサシくんがいたとしたら……」

シェフのことばを聞いて、靖子さんが息を吞んだ。

ぼくも、どんなことが起こったのか想像できる。スキレットは蓋も合わせれば四キロ以上ある鉄の塊《かたまり》である。

「もちろん、息子さんはショックを受けたでしょう。このことをご両親に話すことができなかったのも無理はない。きっと、息子さんはひとりでムサシくんの亡骸《なきがら》を始末して、そして、血で汚れたスキレットを洗ったのでしょう。スキレットは洗剤で洗ってはならないということも知らずに」

そこまで言われて、やっとぼくも理解する。だから、スキレットは錆びたのだ。

「最初に錆びてしまったのは、偶然だったでしょう。だけど、錆びてしまったスキレットはそのまま押入れにしまわれたんじゃないですか？」

シェフの質問に、靖子さんは頷いた。

「ええ、そうです。そのときは押入れにしまって、またしばらくしてから、主人が磨いて、また使えるように手入れしていました」

「きっと息子さんは、もうスキレットを自分の目の届くところに置いておきたくなかったのでしょう。おまけに、家にはもう一匹ハンゾウくんがいる。いつまた、同じ事故が起こるかわからない。たとえ、自分が気をつけても、両親が同じ過《あやま》ちをしてしまうかもしれない。彼の目にはスキレットが調理器具ではなく、凶器に見えていたんでしょう」

だから、またスキレットを洗った。一度目、錆びたスキレットは押入れにしまわれた。だからまた、それが調理器具ではなく、ただの鉄の塊に戻って、押入れにしまわれるように。

「きっと、それは何度か繰り返されたのではないでしょうか。だから、いくら丁寧に手入れをしてもスキレットはまた錆びたんだと思います」

だが、ある日から、スキレットは変わった。洗っても錆びなくなってしまった。

高温で焼き込まれた油の被膜は、もう洗剤で洗った程度では落ちない。

「スキレットは、もう錆びない。それは台所に行けば、いつも目につく場所に置いてある。たぶん、息子さんは恐ろしかったのだと思います。捨てるわけにはいかない。スキレットが勝手にどこかへ行くわけはないから、自分がしたことだとばれる。だから、猫を逃がしたんだと思います。猫さえいなければ、事故が起きるはずはないんですから」

シェフはそう言ってから、椅子に丸くなっているユキムラの背中を撫でた。

「息子さんをあまりきつく叱らないであげてください。彼は、猫の背中にハンカチで煮干しをくくりつけた。飢えてしまわないように、と、持たせたんでしょう。猫が嫌いでやったわけではないんです。むしろ、守ろうとしたんでしょう。正しい方法とはとても言えませんが……」

　靖子さんは、しばらく黙っていた。やっと納得できたのか口を開く。

「そんなことが……、たしかに、あの子、ムサシがいなくなってからあまり猫をかまわないようになってました」

「もちろん、わたしの考えのすべてが正しいかどうかはわかりません。息子さんに訊いてみてください」

　靖子さんは、唇を噛んで頷いた。

「そして、教えてあげてください。たしかに調理器具の中には危険なものもある。だけど、猫が家にいてそんな事故に遭う確率よりも、外に行って交通事故に遭う確率のほうが、ずっと高いのだということを。ムサシくんに起こったのは、本当に不幸な事故だったのだと」

　靖子さんはハンゾウを抱き上げた。ハンゾウは丸い目でされるがままになっている。

「ええ、絶対に教えます」

憂《う》さばらしのピストゥ

Un pistou malhonnête

三舟シェフの来歴は、〈パ・マル〉の謎のひとつである。

十年以上、フランスで修業していたというのは知っているが、パリの有名店にいたわけではなく、地方のビストロを転々としていたらしい。帰ってきてすぐ、この〈パ・マル〉を開いたというわけではないようだが、その間なにをしていたのか、フランスに行く前に、どこかで修業していたのかは、従業員のぼくですらわからない。

さりげなく訊いても、「適当にぶらぶらしてたんだよ」という面倒くさそうな答えが返ってくるだけである。また、その言い方がいかにも、本当に適当にぶらぶらしてたように聞こえるので、それ以上問い詰める気持ちも失せてしまうのだ。

しかし、それにしては不思議なことがある。

シェフの下で働いている志村さんは、リヨンの二つ星レストランで四年間の修業をした後、高級ホテルのメインダイニングで若くしてスーシェフにまでなった料理人である。それなのに、よそから「うちのシェフに」という話がきても、それを断ってまで三舟シェフの下にいる。

〈パ・マル〉にはほかに料理人がいないから、鍋磨きや皿洗いまで志村さんがやっている。志村さんが、なぜそこまでして三舟シェフの下にいるのか、冷静に考えると不思議である。

だが、珍しく、シェフの来歴の片鱗《へんりん》がわかるような出来事があった。

店にきた郵便物をより分けていた志村さんが、急に弾《はず》んだ声でシェフに話しかけた。

「シェフ、南野《みなみの》くんがとうとう店を出したそうですよ」

今夜出すチーズを選んでいたシェフが、不思議そうに振り返った。

「南野……？　ああ、あいつか」

「オーナーシェフだそうですよ。すごいですね。だれか出資してくれる人がいたんでしょうか」

ソムリエの金子さんが尋ねる。

「だれですか？　南野さんって」

シェフはあまり関心のない様子で答える。

「おれが以前働いていた店にいた見習いだ」

シェフのそんな話が出るのははじめてのことだ。金子さんはたちまち食いついた。

「わあ、シェフが以前働いていた店ってどこですか？」

「もうつぶれた」

どうでもよさそうに答えてシェフは志村さんが差し出した封筒を手に取った。

どうやら、オープン記念パーティの招待状のようだ。

「〈ル・ヴァンテアン〉ね。わりと近いな」

封筒をのぞき込むと、隣の市の住所が書かれてあった。〈パ・マル〉からは車で十分というところだろうか。路線が違うから、客が重なるかどうかは微妙だが、やはり商売敵《がたき》であることには間違いない。

*Le 21*と書かれた洒落《しゃれ》たロゴが目につく。番地が二十一だから、それが店名の由来だろう。

「ま、どちらにせよ、こっちも営業日だ。パーティには行けないな」

シェフはそうつぶやいて、封筒を志村さんに返した。

「彼がどんな料理を作るようになったのか、興味ありませんか？　パーティは無理でも、今度休みの日に行ってみませんか。きっと、南野くん、喜びますよ」

どうやら、志村さんもその南野という料理人のことはよく知っているらしい。

ぼくはおそるおそる、志村さんに尋ねた。

「志村さんもその人、知ってるんですか。志村さんはその店で働いていたわけじゃないですよねえ」

志村さんは、ここにくるまではずっとホテルのメインダイニングにいたはずだ。

「ああ、ぼくはその店によく食べに行ってたんだよ。シェフの料理が好きでね」

「じゃあ、シェフと知り合ったのもそこですか？」

「そう、その店。結局、シェフが辞めた後、その店もなくなってしまったんだけどね」

ならば、その店こそが、〈パ・マル〉ができるきっかけといえるのかもしれない。やはりシェフと志村さんがいてこその〈パ・マル〉である。料理は主にシェフが考えているとはいえ、志村さんのアイデアだって盛り込まれているわけだし、なにより、シェフは接客がほとんど駄目である。オープンキッチンである〈パ・マル〉では志村さんの存在は欠かせない。

興味津々の顔で、金子さんが尋ねた。

「南野さんって、いくつくらいなんですか？」

「あの店にいたときは、まだ二十二、三だったから……今は二十六、七歳かな」

「ずいぶん若いんですね」

その年で、もう自分の店を持つなんて、かなりのやり手なのかもしれない。

「そこ、いつまでも油売ってないで、ちゃんと働け」

厨房からシェフの声が飛んでくる。

金子さんが、声をひそめてぼくに囁《ささや》いた。

「もしかして、シェフちょっと焦《あせ》ってたりして」

店内のことは、完全にシェフにまかせっきりなのだが、実は〈パ・マル〉にはオーナーがいる。そういう意味では、オーナーシェフとなり自分の店を持った南野という人に、先を越されたと言っていいかもしれない。

まあ、〈パ・マル〉のオーナーの話は、また別の機会に話すことにしよう。

金子さんの内緒話は、しっかりシェフに聞こえていたらしい。シェフは怖い顔で厨房から顔を出した。

「金子、来月から、ワイン予算減らすぞ」

「やだなあ、単なる冗談ですよ、シェフ。だから予算は減らさないで……」

「というか、おまえ、うちの価格帯のわりにいいワイン入れすぎなんだよ。来月から減らす。絶対減らす」

「シェフ、それだけは勘弁してえ」

シェフを追いかけて、金子さんは厨房に入っていった。ぼくはもう一度、志村さんがテーブルに置いた封筒を見た。

マンゴーのような爽やかなオレンジの封筒はいかにもセンスがいい。場所も駅から近い、いい立地である。うちのように、昔ながらの商店街の中にある、というわけではない。

機会があれば、一度のぞきに行ってみよう。そう思ってぼくは場所と、〈ル・ヴァンテアン〉という店の名前を頭に叩き込んだ。

だが、その記憶は日々の雑事に紛れて、頭の隅に追いやられてしまった。

ぼくがその店の名前を再び耳にするのは、それから数か月後のことである。

†

電話を取った金子さんが、微妙な顔をしているな、とは思っていた。

予約の電話なら、もう少し明るく返答していてもいいはずだし、もしかしたら、クレームの電話という可能性もあるかもしれない。今まで、そんなことはなかったが。

不穏な空気は厨房にも伝わったのだろう。志村さんがカウンターから顔を出して、こちらの様子を見ている。

「すみません。料理人に訊いてまいります」

金子さんはそう断って、電話を一度置いた。複雑な表情のまま、カウンターに近づく。

「シェフ、あの……ベジタリアンの方から予約が入っているんですけど、どうしましょうか」

パプリカを網で焼いていたシェフが片方の眉《まゆ》を上げた。

「あらかじめ言ってくれれば、別に用意するけど、いつ？」

「今夜です」

それで、金子さんが微妙な顔をしていた理由がわかった。すでに夕方の五時だ。シェフは、「豚肉が駄目」だとか「ベジタリアンだ」という宗教上等の理由で食べられないものには、わりと柔軟に対応する人で、前もって予約があればそれに即したメニューを作るのだが、さすがに今夜いきなりベジタリアン用の食事を作れというのは、少し難しい相談である。特別な材料を仕入れることはできないから、今ある素材で対応しなければならないし、すでに下ごしらえもほとんど済ませてある。

「今夜、ねえ……席は空いてるのか？」

シェフもさすがに眉間《みけん》に皺《しわ》を寄せている。

「それが、席は以前から予約してあって……そのときに言い忘れたんだそうです」

せめて昨日までに言ってくれれば、もう少しなんとかできたはずである。

シェフは野菜の入っている冷蔵庫をのぞいた。

「乳製品は大丈夫なのか」

「それが……駄目なんだそうです。乳製品もいっさい駄目。砂糖も使わないでほしいそうです」

「砂糖も？　それはデセールを食べなければいい話じゃないか。まさか砂糖なしのデセールを作れと？」

「いえ、そこまでは言ってませんでしたから、デセールはいいと思います。料理の話です」

まあ、フレンチでは日本料理と違って、ほとんど料理に砂糖は使わない。そちらのほうは問題なさそうだ。

だが、乳製品が駄目というのはかなり厳しい条件だ。フレンチの味の基本はバターなのだから、バターを使わないメニューを探すことも難しい。

シェフは、ふうっと息を吐いて、冷蔵庫を閉めた。

「ま、なんとかなるだろ。前から予約してくれた客を断るわけにはいかねえし」

それを聞いて、金子さんの表情がぱっと明るくなった。

「じゃ、そう言ってきますね」

金子さんが電話のところに戻るのを見ていると、後ろからシェフに声をかけられた。

「おい、高築《たかつき》。急いで豆乳買ってこい。あおいや豆腐店で」

「豆乳？」

あおいや豆腐店は、この商店街のいちばん奥にある豆腐屋だ。昔ながらのやり方で作っている豆腐や油揚げはとてもおいしく、ぼくもときどき買って帰る。たしか、あそこでは絞りたての豆乳も売っていた。

「豆乳でなにか作るんですか？」

シェフはにやりと笑って言った。

「それはこれから考える」

†

〈パ・マル〉の常連にも、ベジタリアンはいる。インド人だが、彼は肉と魚が食べられないだけで、乳製品はむしろ好んでいたから、シェフもさほど悩まずに、メニューを組み立てていた。アントレは、もともと野菜を使用したものが多いから問題ないし、難しいように思えるメインも、シェフはむしろ楽しんで作っているように思えた。

モンドールときのこのパイ包みを作ったときは、あまりによい香りなので、隣のテーブルの客からも同じものを注文されたほどだ。モンドールという、とろとろに熟成したチーズを、数種類のきのこに絡《から》めて、それをパイ生地に包んで焼いた料理だが、香りがパイ生地に閉じ込められるから、切り分けたとき、チーズときのこの芳醇《ほうじゅん》な香りが、あたりに広がるのだ。

だが、乳製品すら駄目だということは、バターをたっぷり使ったパイ生地は使えない。もちろんチーズも無理だ。シェフはいったいどうやってメニューを考えるのだろう。

三舟シェフは、ぼくが買ってきた豆乳を前にしばらく考え込んでいる。

ぼくはおそるおそる尋ねた。

「豆乳を使うフレンチなんてあるんですか？」

「あるわけねえだろ」

即答である。シェフは眉間に皺を寄せたまま、シェフコートのボタンを留め直した。

「だが、フレンチで大きな役割を果たす乳製品が使えないのだとしたら、なにかに代役を頼むしかないだろ」

なるほど、それが豆乳というわけか。

そばで見ていた志村さんが口を挟む。

「中華や精進料理では、湯葉《ゆば》や豆腐などを肉のように見せかけるものがありますね」

「ああ、あれはうまいな。本当に肉を食べているような味がするのに、食べた後胃が軽い」

そう言った後、シェフは首を横に振った。

「あれはあれで、芸術の域にまで達していると思うが、フレンチでやっても、しょせん真似事だ。偽物は作りたくない。豆乳も最低限にしたい」

さて、どうするか、と口の中でつぶやいたシェフは、急ににやりと笑った。どうやら、なにか考えが浮かんだらしい。

六時を過ぎると、ディナーの客が少しずつやってくる。普段、本格的に忙しくなるのは、七時半を過ぎてからだが、この日は特に客がくるのが早かった。

六時半頃、ドアを開けたのは若い女性のふたり組だった。

「予約した松平《まつだいら》ですけど」

髪の長い女性がそう名乗る。金子さんは彼女らをカウンターの席に案内した。

ふたりとも、男が気後《きおく》れしてしまいそうなほど背が高い。派手な服装をしているわけではないが、どこか垢抜けている。たぶん、華やかな業界にいる女性ではないかと推測する。

案内を終えて戻ってきた金子さんがぼくにそっと囁いた。

「ほら、あれがベジタリアンの……」

それを聞いて驚く。ぼくは勝手に外国人だと思い込んでいた。志村さんも少し驚いているようだ。

ぼくは客に聞こえないように金子さんに尋ねた。

「なんでベジタリアンなんでしょうね」

「知らない。体質に合わないのかもしれないし、主義なのかもしれない。単にダイエットのためかもしれないわね」

「ダイエットが必要だとは思わないですけど……」

「甘いわね。痩せている人だって、自分の理想体重より一キロでも重かったらダイエットするのよ」

金子さんはそうきっぱりと言い切った。改めて、女性は大変だと思う。

志村さんが女性たちに今日のメニューについて説明している。どうやら納得のいくものだったらしく、彼女らは笑顔で頷いていた。

「ちょうど、オーガニックのワインを仕入れたところだから、彼女たちに薦《すす》めてこようっと」

金子さんは機嫌よくワインリストを手に彼女らに近づいていった。

ダイエット中だとしたら、ワインは飲まないのではないかと思ったが、彼女らはワインリストを受け取って、金子さんの説明を聞いている。

金子さんが薦めているのは、プロヴァンスの小さなシャトーで作られている、オーガニックのワインらしかった。見ている限り、彼女たちの反応はいい。

「じゃ、それ、フルボトルで」

ショートヘアのほうの女性が、金子さんに注文している。女性ふたりでフルボトルということは、ふたりともかなり飲むようだ。

今日のアミューズはサーモンの小さなタルトレットだが、彼女らには別の皿が出される。チコリの上に、茄子《なす》とトマトのピュレをそれぞれ載せたものだった。白いチコリに赤いトマトのピュレ、翡翠《ひすい》色の茄子のピュレが映《は》えて、目でも楽しめる。

ワインが開けられて、彼女たちの食事がはじまる。ぼくは、彼女たちの様子に気を配りながら、ほかの客への給仕を続けた。シェフがどんな料理を作ったのか、興味がある。

しばらくして、彼女たちへのアントレが出された。

「二色のオリーブとマッシュポテトのグラタンです。マッシュポテトは豆乳とオリーブオイルでなめらかにしてあります」

志村さんが料理を説明している。

シェフが作るマッシュポテトはバターと生クリームをたっぷり使い、丁寧に空気を含ませて、まるで絹のようになめらかな舌ざわりに仕上げている。それを、オリーブオイルと豆乳で代用したらしい。

オリーブの実はコクがあるから、肉や魚がなくても味がぼやけることがない。見れば、グラタンはセルクルできれいに形作られ、横に苦みのある食用タンポポのサラダが添えられてある。

なるほど、これなら、動物性蛋白質や乳製品を使わなくてもフレンチらしいアントレと言えるだろう。

「おいしい！」

一口食べた、ショートヘアの女性が目を輝かせた。カリカリに焼き上げた表面と中ほどは、同じマッシュポテトでも食感が違うはずだ。

ほかの客の皿を下げるついでに、厨房をのぞく。シェフはテラコッタの鍋をそのまま、オーブンに入れていた。たぶん、ベジタリアンの客ふたりのメイン料理だろう。

志村さんが、ほかの客の注文したサラダ・ニソワーズを盛りつけながら、彼女らと話をしている。

「どうして、ベジタリアンになられたんですか？」

志村さんの質問に、髪の長いほうの女性が軽く首を傾げる。

「うーん、もともとお肉ってあんまり体質に合わないみたいで、好きじゃなかったし、今、マスコミとかでよく、ロハスとかスローフードとか言っているでしょ。そういうの見ているうちに、ちょっと影響されちゃって」

「そうそう、それにベジタリアンになってから、結構痩せたんですよ」

ショートカットの女性が同調する。

それを聞いて、ちょっとげんなりする。どうやら、健康上や宗教上の理由ではなく、単に流行に乗っただけらしい。こういうタイプの女性は、きっとすぐにそれにも飽きて、次の流行に乗っかるのだろう。

「でも、珍しいですね。普通はそこまで徹底したベジタリアンだと、フレンチのお店になんか食べにこようなんて、思わないんじゃないですか？」

ショートヘアの女性が悪戯っぽく笑った。

「うふふ、迷惑でした？」

その表情には若くてきれいな女性特有の傲慢《ごうまん》さが少し感じられた。彼女たちは自分たちが本当に迷惑がられる可能性など、まったく考えていないように思えた。

「いえ、うちのシェフは楽しんで作っていたようですよ。もう少し早く言っていただけると助かりましたけど」

「ごめんなさい。予約したときに言おうとしてすっかり忘れていたんです」

意外にも、今度は素直に謝る。

シェフがオーブンから先ほどの料理を出した。蓋を取り、木製の鍋敷きの上に載せた鍋を、そのままカウンターへと持っていく。

「これが今日のメイン。野菜だけのポトフです」

テラコッタの鍋の中には、色鮮やかな野菜が顔をのぞかせていた。赤と黄のパプリカ、そらまめ、新玉葱《たまねぎ》と新じゃがいも、ホワイトとグリーン、それぞれのアスパラガス、太った下仁田《しもにた》葱《ねぎ》、丸ごとのトマト。澄んだシャンパン色のスープからは、かすかなにんにくの匂いがした。

「豆腐でキッシュを作ったりとか、そういうのもできますけど、どうせなら、小細工せず野菜のみのおいしさを味わってもらおうと思いましてね。採りたての今朝届いた野菜です」

たぶん、野菜はそれぞれの持ち味を出すために時間差で入れたのだろう。玉葱や下仁田葱はくったりするくらい柔らかく煮えているが、トマトやアスパラはさっと火を通しただけだ。

まず、スープをスプーンで一口飲んだショートヘアの女性が息を呑んだ。

「すごい……野菜だけだなんて思えない」

「野菜には甘さも旨《うま》みも酸味もありますから、充分にそれだけでもおいしいスープが取れますよ」

シェフはそう言って、また厨房の奥へと引っ込んでいった。

「玉葱は一度オーブンで皮ごと焼いてから入れているんです。それがスープにきれいな色をつけて、味のアクセントにもなっています」

志村さんがそうつけ加えた。髪の長い女性も無口になって、ポトフを食べることに熱中している。

鍋にたっぷりあったポトフは、あっという間になくなってしまった。

髪の長い女性が、ふうっと満足げなためいきをついた。

「おいしかった……なんか、ちょっとびっくりしたかも……」

「本当、こんなに野菜って甘いものだったんだ」

またシェフがカウンターから顔を出した。

「デザートも召し上がりますか？　砂糖を使わないものを用意してありますけど」

彼女たちは驚いたように顔を見合わせた。

「そんなのあるんですか？　なら、食べてみたい！」

シェフは頷いて、また奥へと消えた。

ショートヘアの女性が、また志村さんに話しかけた。

「実は、フランス料理を食べるようになったきっかけがあるんです」

「きっかけ？」

「そう。知り合いがフランス料理店をやってまして……〈ル・ヴァンテアン〉って知ってますか？」

志村さんは少し驚いて、そして頷いた。

「ええ、店には行ったことありませんが知ってますよ」

髪の長い女性がつけ加える。

「彼女のお父さんが、お店が入っているビルのオーナーなんですよ。お店に出資もしてるの」

ショートヘアの女性はにこりと笑ってそれを肯定した。

「その縁で、そこでだったらちょっとわがままが言えるからお願いしたんです。そしたら、動物性蛋白質も乳製品も使わない料理をいろいろ作ってくれたんです。それがおいしくて、なんかやみつきになっちゃった。それでときどき、ほかのお店にもお願いして行くようになったんです」

「そうですか」

志村さんは笑顔で頷いた。

「ほら、あれがすごくおいしかったのよね。なんだっけ、バジルのペーストの浮かんだスープ……」

「スープ・ド・ピストゥですか？」

「そうです、それ」

ピストゥなら、〈パ・マル〉でもよくメニューに載せる。

バジルとにんにくをオリーブオイルと一緒になめらかなペースト状にしたものがピストゥといわれ、プロヴァンス料理では欠かせないソースである。

魚料理のソースなどにも使うが、いちばんおいしいのが、これを野菜たっぷりのスープに浮かせる、スープ・ド・ピストゥだ。

なるほど、あれならば、ベジタリアンにもぴったりの料理である。

「そうですか。あれならときどき、うちでも作りますよ。またよかったら食べにきてください」

「わあ、そうですか。楽しみ！」

シェフがガラスの皿を手に、カウンターにやってきた。

リンゴのタルトレットが上に載っていた。髪の長い女性は驚いたように、シェフを見た。

「これ、本当に砂糖も乳製品も使ってないんですか？」

「タルト生地はアーモンドの粉とクスクスを豆乳で煮て押し固めたものだし、上に載っているリンゴはソーテルヌで煮て甘さをつけてます。砂糖も乳製品も使ってませんよ」

ソーテルヌは蜜のように甘い貴腐ワインだ。それで煮たリンゴはさぞおいしいことだろう。

「わ、普通のタルトみたい」

ショートヘアの女性が目を輝かせた。

「なんかこんなの食べたら、またお菓子とか食べたくなっちゃうかも……」

シェフはそれにはなにも答えずに目だけで笑った。

長い髪の女性が思い出したように言った。

「そうそう、〈ル・ヴァンテアン〉の南野シェフがいつも言っているの。うちのピストゥはフランスの伝統のピストゥだって。自慢らしいですよ」

ふいに、シェフと志村さんが顔を見合わせた。なぜか彼らの間に微妙な空気が走ったような気がした。だが、すぐに彼らはいつもの顔に戻る。

シェフが頷いた。

「それは初耳です。今度、わたしも食べに行ってみますよ」

†

その数日後のことだった。

閉店時間が近づき、すでにほとんどの客は店を出た後だった。すでにレジを締めて、ぼくと金子さんはその日の売り上げを計算していた。

ドアに付けたベルが鳴る音がした。振り返ると、色の白い青年がそこに立っていた。見たことのない顔だ。

「すみません、もう閉店なんですが……」

そう言うと、彼は「わかってる」と言いたげに片手を上げた。

「いや、客じゃないんだ。三舟シェフに少し話したいことがあるだけで」

カウンターから顔を出した志村さんが目を見開いた。

「南野くん！」

「ああ、志村さん、おひさしぶりです。三舟さんと志村さんの店だから、以前から寄ってみたいと思っていたんですが、なかなか機会がなくて……」

彼は饒舌《じょうぜつ》に喋りながら、志村さんに近づいていった。

ということは、この男性が〈ル・ヴァンテアン〉の南野シェフらしい。

背は高く、がっしりはしているが、妙に色が白いせいで男らしくは見えない。彼は近づいていって、志村さんの手を握った。

ちょうどそのとき、ゴミを捨てに行っていた三舟シェフが戻ってきた。南野氏を見て、眉間に皺を寄せる。

「なんだ、おまえか」

「相変わらずですね。三舟さん」

シェフの仏頂面《ぶっちょうづら》には慣れているのか、南野氏は声をあげて笑った。

「実は今日はお礼を言いにきました」

シェフコートを脱ぎかけたシェフの手が止まる。

「ピストゥのことか」

南野氏はそばの椅子を引いて、腰をおろした。

「やはり、気づいていらっしゃったんですね。黙っていてくださって助かりましたよ」

シェフは不機嫌そうに黙っている。

ピストゥがどうかしたのだろうか。ぼくと金子さんは離れた場所で黙って見守っていた。

「今日、松平さんと塚本《つかもと》さんが来店しまして……〈パ・マル〉に行ったと聞いて、びっくりしましたよ。しかも、ピストゥの話をしたと言ってましたし……正直肝《きも》が冷えました」

シェフが吐き捨てるように言った。

「おれの勘違いだったらいいと思っていたんだがな。どうやら、考えていたとおりらしいな」

南野氏はまた笑った。不穏な空気の中、彼だけがやけに機嫌がよかった。

「だけど、ぼくの気持ちはシェフにもわかるでしょう。もう、いいかげんうんざりなんですよ」

次の瞬間、彼は口を歪めた。

「出資者の娘だからといって、大きな顔をしてやってきて、やれ肉は体質に合わないだの、乳製品は使うなだの、砂糖を使うなだの……。そんな料理がいいのなら、自分で作るか、それ専門のレストランに行けばいいでしょう」

「だから、嘘をついたわけか」

嘘。シェフの口から出たそのことばに、ぼくは驚く。

「嘘なんかついてませんよ。最近は、黙っていても自分たちの思いどおりの料理が出てくると思っているようですからね。ちゃんと、『フランスの伝統的なピストゥです』と説明して出している。いやなら食べなければいいんです」

シェフは鼻で笑った。

「くだらん言い訳だな。調べたって、ほとんどの料理本や料理人はピストゥをオリーブオイルで作る。伝統的なやり方で作っている人なんてほとんどいない。素人の彼女らにわかるはずはない」

シェフはそう言ってから、南野氏をにらみつけた。

「おまえのピストゥが、豚の背脂《せあぶら》で作られているということはな」

南野氏は肩をすくめた。

「別にたいしたことじゃない。彼女らはそれを食べたからといって、体調を崩すわけではない。それに、食べても気づかないんですよ。大笑いだ」

「お笑いなのはおまえのほうだ。そんな陰険な悪戯をして、それで気分が晴れるのか」

「陰険とは嫌な言い方だな。別に食べられないものを食べさせたわけじゃない。それに、彼女らは単に流行とか、雰囲気でベジタリアンぶっているだけなんですよ。どうせ、しばらくしたら、普通に肉もケーキも食うようになりますよ。女性はマスコミに踊らされやすいですからね」

シェフは、南野氏を見据えた。そして言う。

「そうやって、自分をごまかすな。おまえは料理人として、決してしてはならないことをした。その人が『食べたくない』と考えているものを食べさせたんだ」

南野氏はまた笑った。だが、その笑いは乾いていた。

「そんな大げさな言い方しないでくださいよ。彼女らはおいしい、おいしいと喜んで食べたんですよ」

シェフは彼の笑顔から顔を背《そむ》けた。

「おまえの気持ちがまったくわからないわけじゃない。おれにも気にくわない客はいる。あのふたりも、決していい客だとは思わない。だが、それなら断ればいいことだ」

南野氏は小さく舌打ちをした。シェフは話し続ける。

「料理人にはなんでもできる。前の客の残り物を使うことも、古い材料を使うことも、安いだけで危険な素材を使うこともできる。多少の腕があれば、それを客にわからせないことなんて、簡単だ。だが、だからこそ、それはしてはいけないことなんじゃないか」

シェフの顔は、ひどく真剣だった。シェフコートを脱ぎ捨てると、南野氏の隣に座る。

「そして、それが料理人のプライドなんじゃないか。それを自分で踏みにじって、それで気分がいいのか。自分で汚して、それで笑えるのか」

静まりかえった店内にシェフの声が響く。

「おまえが嘲笑《あざわら》ったのは、あのふたりの客じゃない。料理人としての自分自身だ。それを忘れるな」

シェフはそのまま店の奥に立ち去ろうとした。

南野氏はその背中をきっとにらみつけた。

「あんたにわかるもんか。人に雇ってもらって、経営のことなんか考えずに済んでいるんだろう。こっちは借金だって抱えているんだ。あんたみたいに気楽じゃない」

シェフは振り返った。

「かわいそうにな。だがな、人は自分で『自由じゃない』と思っているうちは、自由にはなれないんだよ」

†

シェフはその日、先に帰ってしまった。

残ったメンバーで閉店作業をする。黒板に書かれたメニューを消しながら、金子さんが言った。

「冷静に考えたら、雇われシェフのほうが、自分の店よりも制約が多いってことわかるはずなのにね」

それでも、いつだって自分ばかりが辛《つら》い思いをしていると考えてしまう人間はいるのだろう。

「でも、今日のシェフは少しかっこよかったですよね」

ぼくがそう言うと、金子さんも頷いた。

「わたし、なんで志村さんがシェフの下で働いているか、ちょっとわかった気がします」

金子さんのことばに、志村さんは少し笑った。

「まあ、あの人は大事なことは間違わない人だからね」

「大事じゃないことは間違うんですね」

「ああ、それはしょっちゅう」

思わず三人で顔を見合わせて笑った。

今頃、シェフは帰り道でくしゃみをしていることだろう。

ブーランジュリーのメロンパン

Viennoiseries ou pas?

たとえば、遊園地のトウモロコシ売りだとか、公園のクレープ屋台のように、あきらかに、天気の影響を受ける商売でなくとも、雨の影響はある。間違いなくある。〈パ・マル〉は予約だけでいっぱいになってしまうほど、小さなビストロだから、当日の天気などほとんど関係ないように思えるが、やはり、梅雨の間は少し客の入りが少ないような気がするのだ。

じとじとと際限なく降り続く雨は、人から「おいしいものを食べよう」という気力さえ奪ってしまうものかもしれない。

小倉《おぐら》さんが、ひさしぶりに店に現れたのはそんな梅雨も終わりに近づいたある日だった。

ランチのラストオーダーを過ぎてから、ふいにドアが開く音がした。

客がきたと思い、断るために振り返ったぼくに、小倉さんは軽く手を上げて挨拶をした。

「よっ」

そしてそのまま、空《あ》いているカウンターに直行し、腰をおろす。

「シェフは？」

尋ねられた志村さんは、視線でオフィスのほうを差した。

すでに後片づけも終わっている。シェフはオフィスでディナーのメニューを考えているのだ。

「今呼んできます」

「あ、別に急がないからいいんだけどさ。コーヒーでも飲ませてくれる？」

「はい、今淹《い》れますね」

この、図々しいとも言える態度にはもちろん理由がある。まだ二十代後半、ぼくとほとんど変わらないように見える彼は、なんと、このビストロ、〈パ・マル〉のオーナーなのだ。

それだけではない。〈パ・マル〉以外にも、この近所に何軒も飲食店を持っている。フレンチはここだけだが、中華料理やイタリアン、カフェなどを手広く展開している、青年実業家なのだ。いつも、よれよれのTシャツに、チノパンという格好で、とてもそんなふうには見えないのだが。

しかも、それだけ飲食店を経営しているからグルメなのかと思ったら、本人は食べることにまったく興味がないらしい。仕事の関係者や、友人などをもてなすときには〈パ・マル〉にやってくるし、そのときは健啖家《けんたんか》ぶりを発揮して、量の多いコースをきれいに平らげるが、彼曰く、「最高級の料亭でも、コンビニ弁当でも同じくらいうまく感じる」そうだ。

今は結婚していて、奥さんが料理を作っているから、健康面の問題はなさそうだが、独身時代、お金に困っているわけでもないのにカップラーメンばかりを食べ続け、栄養失調で倒れたという事件もあったらしい。アルコール類にもまったく興味がなく、うちで料理を食べるときも、一緒に飲むのはコーラだったりする（そのため、オーナーがくる日は、あらかじめコーラを買っておかなければならない）。

こんなオーナーと、偏屈な三舟シェフが、よくうまくやっているな、とも思うが、味音痴《あじおんち》なだけに、店のことにはいっさい口を出さないあたりが、かえっていいのかもしれない。

ソムリエの金子さんがエスプレッソを彼の前に出す。

小倉さんは、なぜか周囲を見回すようにして、声をひそめた。

「シェフ、今日は機嫌はどう?」

「機嫌……ですか?」

志村さんは首を傾げた。ランチタイムはあわただしくて、シェフの機嫌など気にする暇はなかった。だが、特に記憶に残っていないということは、普段どおりということだろう。

「別に普通だと思いますけど、どうかしたんですか?」

「実は、少し頼みたいことがあって……」

ちょうどそのとき、オフィスに通じるドアが開いた。出てきたシェフが目を丸くする。

「おや、どうしたんですか? オーナー」

「いや、ちょっとシェフに頼み事があってきたんだ。引き受けてくれるかなあ」

シェフは少し困惑した顔になる。

普段は、ほとんどと言っていいほど、店のことに口を出さない小倉さんだが、ごくたまにやたらに無理難題を持ち込んでくることがあるらしい。ぼくが、ここに勤める前の話らしいが、唐突に、「占い師に、〈パ・マル〉という名前はよくないと言われたから、〈マル〉という店名に変えないか」などと言いだしたことがあるそうだ。

「パ・マル」で「悪くない」という意味であって、「マル」では「悪い」である。さすがにその店名では、くる客もこないだろう。

すったもんだのあげく、「もし、経営状態が悪化したら、店名変更を考える」ということになったらしい。その日から、やけにシェフが経営のことを気にするようになったらしく、もしかしたら、オーナーの作戦かもしれない、と志村さんは笑っていた。

ともかく、そんなことを言いだしても、シェフをキレさせないあたり、飄々《ひょうひょう》とした彼の人徳と言えるかもしれない。

「そりゃあ、わたしにできることなら、お手伝いしますけど……」

シェフは用心深く、そう答えた。

「ああ、それは助かった。ありがとう、シェフ」

小倉さんは、もう引き受けてもらったかのように子供っぽい笑みを浮かべる。

「内容によりますよ」

シェフが釘《くぎ》を刺すのを受け流して、オーナーは話しはじめた。

「三丁目に、ベトナム料理店があっただろう。ほら、ガソリンスタンドの横の」

「ああ、去年末に閉店したところですね」

「そう。あそこを借りて、パン屋をオープンすることにしたんだ」

志村さんが話に加わる。

「いいですね。あそこは大通りに面してますし、場所がいいですよ」

そのベトナム料理店には一度行ったことがある。店内もそこそこ広く、なにより駐車場が横に付いている。うらやましくなるほどいい環境である。

シェフが疑問を口にする。

「でも、パン屋にするには、少し広すぎないですか?」

「そうなんだ。そこで、シェフの力を借りたいと思ってね」

そう言うと、オーナーは身を乗り出して話しはじめた。

今回、パン屋をまかせるのは、ふたりの若い女性だという。趣味のパン作りが高じて、自分たちで店を持ちたいと思うまでになった。今は別のパン屋で働いているが、はじめてふたりで店をやることになる。

「それで、スペースがかなりあるんで、カフェを併設することにしたらしい。もう内装工事も終わっている」

小倉さんは、まるで他人事のように言った。また、いつものようにまかせっきりなのだろう。

「それはいい考えだと思います。あそこは近くに大学もあるから、学生の客も見込めるだろうし」

「そこでだ。シェフに、パンに合うようなサラダや軽食など、メニューを考えてほしいんだ。彼女らはパンのことに関してはくわしいが、どうもそっちのほうはあまり勉強してこなかったらしい。この店と場所は近いけれど、価格帯も違うから、ライバルにはならないだろう。手伝ってくれないか」

今回のオーナーの頼み事は、さほど突飛《とっぴ》なことではなかったようだ。シェフもほっとしたような顔で頷いた。

「そういうことなら、お手伝いしますよ」

「よかった。助かったよ。それじゃ、店長にこちらに電話するように言うから。後は、そっちで適当にやってくれ」

相変わらず、おおざっぱな人である。よくこれで、複数の飲食店のオーナーが務まるものである。

シェフと志村さんは、話をしながら、帰る小倉さんをドアまで送っていった。

振り返ると、金子さんがなにやら妙な顔をしていた。

「どうかしたんですか？」

尋ねると、彼女は眉をきゅっと寄せた。

「あそこ、裏手に前からパン屋があるんだけど……」

†

翌日の午後に、その女性たちはやってきた。

「はじめまして。店長の斎木《さいき》です」

ちょっと太り気味で色白の、本当に焼きたてのパンみたいな女性だった。

もうひとりの女性は中江《なかえ》と名乗った。斎木さんよりも小柄で、頬が赤い。ふたりはまるで姉妹のようによく似ているが、製パン学校で知り合ったという。

便宜上、斎木さんが店長ということになっているが、ふたりの立場はほとんど一緒らしい。

たぶん、まだ二十代半ばくらいだろう。それとも、単に若く見えるだけだろうか。

「このたびは、お世話になります」

ふたり並んでぺこりと頭を下げる。同時に、パンの匂いがふわりと漂った。

「ああ、お役に立てるかどうかはわからないけど……」

シェフがカウンターから出てくる。金子さんはふたりを、テーブルに案内した。

「それで、どんなメニューを出したいのかな」

ふたりは顔を見合わせた。中江さんが口を開く。

「一応、パンをセルフサービスでイートインしてもらうことを主に考えているんです。だから、飲み物と、それ以外はスープとサラダを三種類ずつくらい出したいと思っています」

斎木さんが後を続ける。

「従業員も三人雇うことになっているんですけど、まだ、どこまでできるかわからないし、最初は少なめではじめて、余裕が出てきたら、また増やしていこうかと……」

「なるほど。サラダとスープなら、単体で出してもいいし、両方を少量盛りで出して、ランチプレートにもできるな」

「あ、それいい考えですね」

中江さんは顔をほころばせた。

「後は、何種類かパテやリエットなど、パンをおいしく食べるサイドメニューを出したいと思っているんです。うちのパン、種類自体はそんなに多くないし」

「うちのパテは評判がいいよ。とはいえ、うちと同じように作ると手間がかかるだろうから、簡略化したものを考えてみよう」

リエットもシェフは得意で、よくアミューズに作る。豚や鴨《かも》の肉を柔らかく煮たペーストのようなものだ。

斎木さんは、「あ、そうだ」と小さな声をあげた。

「うちのパン、食べてみてください」

膝の上に置いてあった、赤い水玉の紙袋をテーブルの上に広げる。中から出てきたのは、いろんな種類のパンだった。

直径三十センチはありそうなパン・ド・カンパーニュがひとつと、フィセルという細めのフランスパン、ほかにもブリオッシュやオリーブの入ったプチパンなどがある。

「ぜひ、味見してみてください。みなさんも」

「コーヒー淹れましょうか」

金子さんがそう言って奥に消えた。ぼくと志村さんもお相伴《しょうばん》にあずかることにする。

シェフはプチパンを割って、匂いを嗅いだ。

「レーズン酵母《こうぼ》?」

「わあ、わかるんですか。すごい!」

志村さんは厨房からまな板とパン切りナイフを持ってきて、パンを切り分けた。カンパーニュの断面はみっしり詰まっているが、反対にフィセルの断面は、気泡がたくさんあっていかにも軽そうだ。

シェフはプチパンを口に運んだ。

「いかがですか？」

斎木さんは、不安そうにシェフの口元を凝視した。

「ああ、うまいよ。ちゃんとフランスの味になっている。これなら、流行《はや》るんじゃないか」

そう言われてほっとしたように胸を撫で下ろす。

「よかったあ」

ぼくは薄切りにされたカンパーニュに手を伸ばした。

レーズン酵母独特の、少し酸っぱいような匂いがある。ドライイーストを使ったパンには、この香りはない。一口噛むと、麦の香りが口の中に広がった。よくあるカンパーニュよりも酸味はきつくない。これなら万人受けするだろう。

ブリオッシュをちぎると、裂けた部分が黄金色の薄い層になる。フィセルは、皮の部分は心地よい固さを保ち、中身はとろけるように柔らかい。

〈パ・マル〉がパンを届けてもらっているブーランジュリーとくらべても、まったく遜色《そんしょく》はない。愛情を込めて焼かれていることがわかるパンだった。

中江さんは真剣な顔でつぶやいた。

「できるだけ、フランスの味を忠実に再現したいんです。ほら、日本ってパン文化が浅いから、どうしてもおやつとか朝食に、お菓子みたいなパンやふわふわしたパンばかりがもてはやされているじゃないですか。そうじゃなくて、もっとしっかりした噛みごたえのある、主食としてのパンを提供していきたいんです」

「最近は、そういう店も少しずつ受け入れられてきているようだな」

うちが契約しているブーランジュリーも、わざわざ遠方から、車で買いにくる客がたくさんいるという。小さな店で、店内で焼いているだけなので、休日などは夕方にはすべて売り切れてしまうと言っていた。

「でも、おいしいパン屋と聞いて買いに行ったら、ただふわふわして柔らかいだけのパンだった、ということがよくありました。何度がっかりしたことか」

中江さんは口を尖らせるようにして言う。志村さんは笑いながら頷いた。

「そのあたりは味覚の違いだからね。柔らかくてもちもちしたものをおいしいと感じるのは、米文化の日本人には自然なのかもしれない」

よく考えれば、パンは身近な分だけ、はっきりと好みがわかれる食べ物かもしれない。ふわふわと柔らかく甘いパンが好きな人は、このカンパーニュをさほどおいしいとは思えないだろう。みっしりと固く詰まっていて、味が濃い。

「ふわふわのパンって、結局、おやつか、せいぜい朝食に卵料理と合わせるくらいしかできないじゃないですか。カンパーニュやバゲットは味がしっかりしているから、料理に負けないんですよね」

どうやら、中江さんは日本のパンがあまり好きではないらしい。ぼくなどは、柔らかいパン・ド・ミや菓子パンなどもおいしいと感じるのだが。

だが、彼女の言うとおり、〈パ・マル〉でも店で出すのはバゲットと、全粒粉のプチパンだけだ。たしかに、ふわふわした柔らかいパンを、フランス料理と一緒に食べるのはバランスが悪いだろう。

「まあ、『こんな店を作りたい』という理想がしっかりあるのはいいことだ。ぜひ、頑張って」

彼女たちが作ったパンを気に入ったのか、シェフはそんなことばをふたりにかけた。

ふたりが帰った後、テーブルのパンくずを払いながら金子さんが口を開いた。

「シェフ、知ってますか？　今度パン屋が開店する場所、裏にもパン屋があるんですよ。昔からやっているような、小さな店。オーナー、気がつかなかったのかな」

シェフはあまり興味なさそうに答えた。

「気づかないなんてことあるか。オーナーは、店ができた後こそほったらかしだが、それまでのリサーチに関しては、徹底的にやる男だぞ。昔ながらのパン屋なら、客層が違うと判断したんじゃないか」

志村さんも頷いた。

「むしろ、同じ業種の店がいくつかあるほうが繁盛する場合もありますしね」

「うーん、でも、いかにも古くて、あんまり営業努力をしてないような店なんですよ。年配の夫婦ふたりでやっているような……。彼女たちの店が開店したらつぶれてしまうんじゃないかなあ」

ぼくは金子さんに尋ねた。

「おいしいんですか?」

金子さんはなぜか、少し困ったような顔をした。

「うーん、彼女たちのパンとくらべたら、あんまりおいしくないと思う。それこそ、メロンパンとか、コーンマヨネーズパンとか、コロッケロールとか売っている店だし」

一呼吸置いてから、彼女は、でも、と言った。

「なんか、ときどき無性に食べたくなっちゃうんですよね。あそこのパン」

なんのことはない。どうやら金子さんはそこのパン屋のファンらしい。それでつぶれることを心配していたようだ。

「そういうパン屋なら心配することはないんじゃないか。金子みたいな客がたくさんいるだろうし」

「そうだったらいいんですけど……」

シェフにそう言われても、金子さんはまだ不安そうだ。

「でも、場所だって新しい店のほうがずっといいし」

「しかし、だからといって、オーナーや彼女らに『今さら、やめろ』とは言えないだろう。もう工事も済んでいるんだから」

「そうですよねえ」

金子さんは、はあ、とためいきをついた。

「あそこのツナマヨパン、大好きなんだけどなあ」

†

数日後の定休日、ぼくは自転車で、以前ベトナム料理店があった場所へ向かった。斎木さんと中江さんの店が気になった、というわけではなく、金子さんがそこまで執着するツナマヨネーズパンを食べてみたくなったのだ。

以前、エスニックな外装が施されていた店は、すっかり様変わりして、白地に赤の水玉の庇《ひさし》がついている。外側からのぞいた限りでは、内装工事はすでにほとんど終わっているようだった。

手前はパンを売るコーナー、奥はカフェになっている。奥行きのある店だったから、その奥がパンを焼く工房なのだろう。

若い女性ふたりではじめるのにふさわしい、可愛らしい印象の店だった。

まだ、オープンしていないのにもかかわらず、通りすがりの人たちが興味深そうに中をのぞき込んでいる。

庇には店名が書いてあった。〈ア・ポア・ルージュ〉。赤い水玉、という意味らしい。そういえば、斎木さんが持っていた紙袋も赤い水玉だった。あれもこの先店で使う包装かもしれない。女性はやはり、細部に凝る。

一瞬、ちょっとは小倉オーナーのセンスなども入っているのだろうか、と考え、すぐにそれはないな、と思う。面倒くさがりの彼が、そんなことに口を出すはずはない。

場所もいいし、店構えもおしゃれである。駐車スペースもあるし、なにより、昨日食べたパンはとてもおいしかった。

日本人好みの品揃えをあえてしなくても、充分客は見込めるだろう。

ぼくは、邪魔にならないように脇に寄せてあった愛車のＢＤ１に再びまたがった。

今度は、金子さんご贔屓《ひいき》のパン屋を探すつもりだった。

きちんと場所を聞いていなかったから、少し不安だったが、店はすぐに見つかった。〈ア・ポア・ルージュ〉の脇の筋を入って、少し行ったところ。百メートルも離れてはいない。

〈ブラン〉という看板が前に出ていた。もう二十年以上、外装に手を入れていないに違いない。一階が店で二階が住居になっているような、昔ながらの店。

外からのぞき込むと、店内に人はいなかった。とはいえ、定休日ではなさそうだ。引き戸になった入り口をがらがらと開けると、奥から「いらっしゃい」と言う女性の声がした。同時にぷん、といい匂いが漂う。奥でパンを焼いているようだ。

ぼくはトレイとトングを取って、並んでいるパンを見て歩いた。

メロンパン、チョココルネ、クリームパン、ツナマヨネーズパン、カレーパン。品揃えも、昭和の時代からさほど変わっていないだろう。値段も安い。ショーケースには最近あまり見なくなったフルーツサンドがあった。

ぼくは、ツナマヨネーズパンとフルーツサンドをトレイに載せた。カレーパンも食べたかったが、そんなに食べられそうもない。また次回の楽しみに取っておこう。

ついでに明日の朝食用にと、五枚切りの角食も買う。これもまた、なんの変哲もない普通の食パンだった。横には袋に詰められたロールパンもある。本当に懐かしい雰囲気のパン屋だった。

レジにトレイを持っていくと、奥からぱんぱんに太った奥さんが出てきた。

「いらっしゃい」

にこにこしながらツナマヨネーズパンをビニール袋に入れてくれる。

ぼくが会計をしているときに、引き戸を開けて小学生が三人入ってきた。どうやらおやつのパンを買うらしい。それなりに流行っているようだ。

外に出るとぼくは自転車で近くの公園に向かった。腹が減ってきたので、そこで食べることにしたのだ。

結論を言うと、パンはさほど印象に残る味ではなかった。ドライイーストで、バターではなくマーガリンの匂いがしたし、フルーツサンドに使われているのは植物性のホイップクリームだった。もちろん、でなければあれほど安くは売れないだろう。

斎木さんと中江さんのパンが垢抜けたパリジェンヌなら、〈ブラン〉のパンは、足の太い昭和の日本女性だ。並ぶとどうしても見劣りがする。

だが、そのパンはとても優しい味がした。おいしいとか、おいしくないとか意識せずに毎日でも食べられるパンだ。コンビニで売っているパンのように、よそよそしい味ではない。

金子さんは心配していたけど、この店は〈ア・ポワ・ルージュ〉が開店しても、つぶれることはないと思う。

さっきの子供たちは、斎木さんたちの店に行くことはないだろう。

†

その後、ぼくは〈パ・マル〉へと向かった。定休日だが、今日はシェフが斎木さんたちに、料理を教えることになっている。志村さんも金子さんも用があるらしく、暇なぼくが手伝いに駆り出されたのだ。

店に行くと、すでにシェフは料理を何品も作って、テーブルに運んでいた。斎木さんと中江さんがメモを取っている。

斎木さんたちに見つからないように、ブランの袋は休憩室にそっと置いた。

テーブルの上には、鮮やかな色のサラダやスープが並んでいた。

うちのランチでも定番のサラダ・ニソワーズ。ツナやアンチョビ、じゃがいもや茹で卵をビネグレットソースで和《あ》えた、ボリュームのあるサラダだ。〈パ・マル〉ではツナは自家製のものを使っているが、これは缶詰で作ってある。

生野菜の上にソテーした鶏レバーとポーチドエッグが載っているのは、サラダ・リヨネーズ。隣には色彩の美しい、トマトとオレンジのサラダが並んでいる。付け合わせ用に、ジュリエンヌに切った野菜を和えたクルジェットや、温野菜のギリシャ風もある。

真ん中のテリーヌ容器に入っているのはレバーのパテと、豚肉のリエットだろう。スープは、シンプルな野菜のポタージュと、冷たくしたトマトのスープ、固くなったパンを混ぜ込んだ、スープ・ド・ブーランジェなどがある。

彼女たちは、それを真剣な顔で少しずつ味見している。

スープ・ド・ブーランジェを食べた斎木さんが、目を輝かせた。

「こんなにパンのたっぷり入ったスープなんてはじめて。食べ応えがありますね」

「残ったパンが使えるから、一石二鳥だろう」

にんにくとトマト、ベーコンでスープを作り、そこに古いパンと卵を浮かべて、卵が半熟になったら火を止め、卵を崩してパンに絡めながら食べる。

スペイン料理だと、以前シェフに教えてもらった。日本で言えば雑炊のような、残り物料理だというが、そういう料理がえてしておいしいものである。

中江さんは、バゲットを切って、リエットを載せて食べている。

「以前、缶詰で食べたものほど、油っこくなくておいしいです。バゲットとすごく合いますね！」

「パンがうまいから、味が濃くてもバランスがいいだろう」

「これはどうやって作るんですか？　爽やかな味ですね」

斎木さんが指さしたのは、野菜のギリシャ風マリネである。

「それは、白ワインとコリアンダーで煮てあるんだ。どんな野菜を入れてもいいから、季節に限らず作れるし、付け合わせにいいだろう」

一とおり味見が終わった後、作り方を教えるために厨房に移動する。

店が開いているとき、ぼくはギャルソンに徹しているから、滅多に厨房に入ることはない。今日は野菜を切ったり、鍋を洗ったり、普段はやらない仕事だから、ちょっと楽しくなる。

ふいに、斎木さんが思い出したように口を開いた。

「そうだ、昨日話したこと、シェフにも相談しようよ」

中江さんの顔が急にひきつったような気がした。冷たい声で答える。

「その話はもう終わったでしょ」

シェフは、不思議そうな顔で塩の容器を置いた。

「実は、店に並べるパンのことなんですけど、ちょっと種類が寂しい気がするんですよね」

「どうかしたのか？」

斎木さんは指を折った。

「カンパーニュ、クルミやイチジクのパン、ドライトマトやオリーブのパン、バゲットやフィセル、リーンなパンは、まあそんなところだと思うんですけど、リッチなパンがちょっと、ね」

リーンなパンというのは、油脂や砂糖があまり入らない食事用のパン、リッチなパンは反対にバターと砂糖をたっぷり使ったお菓子に近いパンのことだ。

「クロワッサンとパン・オ・ショコラ。パン・オ・レザンと、ブリオッシュとパネトーネ。あと、デニッシュは何種類か作るつもりなんですが、デニッシュはおいしいものを作ろうとすると、どうしても、ケーキと同じくらいの値段になりますよね」

マーガリンではなく発酵バターなどを使うと、やはりどうしてもコストがかかる。

「だから、もうちょっと気軽に買ってもらえるようなパンを増やしたいと思ったんです。たとえば、パン・オ・レでもいいし、いっそのことメロンパンなんかでも……」

シェフが口を開く前に、中江さんがきっぱりと言った。

「わたしはいや。あくまでもフランス風のブーランジュリーにこだわりたいの。メロンパンなんて、絶対に置きたくないの」

「だったら、パン・オ・レでもいいし」

「パン・オ・レも嫌い。あんなの町のパン屋のただのロールパンじゃない」

斎木さんは肩をすくめた。

「もう、頑固なんだから。どう思います？　シェフ」

シェフはスープのアクをすくいながらにやにやと笑った。

「まあ、どちらにもメリットとデメリットがあるよな。斎木さんの言うとおり、甘くて食べやすいパンを置くことで、多くの客を引き寄せることもできるし、中江さんの言うとおり、理想を貫き通すことで、こだわりを持った客を惹《ひ》きつけることができる。どっちを選ぶかは、君らが決めることだ。ただ、メロンパンを馬鹿にしながら、売れるからと言ってメロンパンを置くようなのは、いちばんよくないだろうな」

「わたしは別に馬鹿にしてないんですけど……あれはあれでおいしいと思うし」

そう話す斎木さんを遮《さえぎ》るように中江さんは、わたしは嫌い、と言い切った。

「これだもの。わたしが折れるしかないですよね」

斎木さんはそう言って笑った。慣れているようで、腹を立てている様子はなかった。

外見は似ているが、性格はずいぶん違うふたりらしい。

「五年前だったら、無理せずそういうパンも置いたほうがよかっただろうが、今はハード系に特化したパン屋だって、いくつもできている。やりたいようにやってもいいんじゃないか？」

シェフにそう言われて、斎木さんも納得したようだった。

「そうですね。そうします」

だが、中江さんの表情はまだ硬かった。その頑なさがどこか不自然な気がして、ぼくは首を傾げた。

†

それから二週間ほど経ったある日のことだった。

朝、出勤してきた金子さんがためいき混じりに言った。

「〈ブラン〉が閉店しちゃったのよー。やっぱり、思ったとおりだった」

「え？」

ぼくは驚いて振り返った。あれから、何度かパンを買いに行っているが、閉店の案内などは書いていなかった。

「でも、まだ斎木さんたちの店はオープンしてないじゃないですか」

たしか今月末、あと一週間ほどでオープンするはずだ。

「でも、近所に大きくてきれいなパン屋ができるんだもの。太刀打《たちう》ちできないと思ったんじゃないの？」

それも不思議な気がする。実際に新しいパン屋ができて、客を全部取られてしまったというのならわかるが、まだ、どんなパン屋かも知れないうちから閉店してしまうなんて、あまりにも過剰反応だ。

「単に休みなんじゃないんですか？」

「そんなことないわよ。ちゃんと『長い間お世話になりました。都合により閉店します』って書いてあったもの」

「うーん……たまたま別の理由があったんじゃないですか？」

金子さんは少し考えて頷いた。

「そうかもね、たしかに今店を閉めるというのは早すぎるかも」

それにしても、閉店というのは少し寂しい。ぼくも、これから贔屓《ひいき》にするつもりだったのだ。

その日のランチタイムが終わり、まかないを食べているときだった。ふいに電話が鳴った。

ちょうど電話にいちばん近かったのでぼくが立つ。

「はい、ビストロ・パ・マルです」

「ああ。高築くんか」

電話の声は小倉さんだった。

「シェフと代わりますか？」

「いや、中江さん、そっちに行ってないか？」

「いいえ、どうかしたんですか？」

「二、三日前から行方不明らしいんだ」

それを聞いて、受話器を取り落としそうになるほど驚いた。急いでシェフに代わる。

シェフは小倉さんとなにか喋っている。

「行方不明ってどうかしたのかしら」

金子さんにそう尋ねられたが、ぼくにわかるはずはない。

「だって、もうすぐオープンなんでしょう。どうしてこんなタイミングで……」

「そうですよね」

シェフが「一件、心当たりがある」と言っているのが聞こえて、ぼくと金子さんは顔を見合わせた。中江さんは、あれからもう一度料理を習いにきたが、それだけで、シェフとそれほど親しくなったようには見えなかった。

電話を切ると、シェフはぼくに言った。

「おい、高築。食べ終わったら、ひとつ頼まれてくれ」

†

シェフがなぜ、そんなことを考えついたのかぼくにはまったくわからない。だが、言われたとおりの場所へ、自転車を走らせた。

金子さんの言うとおり、〈ブラン〉のシャッターは閉まっていた。裏へまわると、小さなインターフォンがある。ぼくはそれを押した。

「はい?」

「すみません、少しお尋ねしたいことがありまして……」

ドアを開けて顔を出したのは、〈ブラン〉のレジにいたおばさんだった。

「あの、お嬢さんに連絡を取りたいんですけど……今、どこにいらっしゃるかわかりますか?」

おばさんは、ほとんど肉に埋まった首を傾げた。

「アパートの電話番号なら知っているけど……あなたは？」

「アパートにはいないんです。携帯の電源も切っているし」

「あらまあ」

頬に手を当てて、彼女は目を見開いた。

「最近はほとんど帰ってないから、よくわからないんだけど、昔から仲のいいお友達なら何人か知っているわ」

その連絡先を聞いて、ぼくは彼女に礼を言った。

ドアが閉まってから、はじめてドアの横に表札があることに気づいた。そこにはたしかに「中江」と書いてあった。

†

おばさんから聞いた友達の家に、中江さんはいた。

説得するまでもなく、素直に彼女は戻ってきた。閉店後の〈パ・マル〉で中江さんと斎木さんは向き合っていた。

「ごめんなさい。急にいなくなったりして……どうしていいのかわからなくなったものだから……」

中江さんは半分泣きそうな顔をして言った。

「どうして、話してくれなかったの。知ってたら、別の店を探したのに」

中江さんは下を向いたままつぶやいた。

「だって、あんなにいい場所が、ほかに見つかるとは思えなかった。あそこはいやだって言ったら、小倉さんが興味を失ってしまうかもしれないと思ったし……」

「実家がパン屋だってことも、知らなかった……」

中江さんは少し自嘲するような笑みを浮かべた。

「コンプレックスだったの。あんな時代遅れのパン屋。子供の頃は家のパンはおいしいと思っていたけど、パンのことを勉強すればするほど、みっともなく思えてきて。ちょうど、製パン学校で、メロンパンやコロッケパンのことを馬鹿にする人とたくさん会って、よけいに恥ずかしくなってしまった。父や母に、もっと最近のパン事情を勉強しなよって言っても、うちはこれでいいんだ、と言うばかりだし」

そう、あの店はあれでいいのだ。ぼくも金子さんもそう思った。だが、彼女にはそれがわからなくなってしまっていたのだろう。

「だから言えなかった。それに、どうせ、客層も全然違うと思ったの。小倉さんだってそう言ったし」

だが、中江さんにとって思いもかけないことが起こった。

人づてに、今度、娘がすぐ近くにパン屋を開店すると知った両親は、店を閉めてしまったのだ。自分の店が、娘の商売の邪魔にならないように。

「閉店したって聞いて、はじめて気づいたの。わたし、父さんと母さんの作るパンが好きだった。あの店が好きだったんだって」

自分が別の場所を選んでいれば、両親を追いつめることなどなかったのだ。そう考えた中江さんは混乱して、連絡を絶ってしまったらしい。

ずっと黙って聞いていたシェフが口を開いた。

「なら、ご両親にそう言うといい」

「え？」

「今ならまだ間に合うだろう。パン屋を閉めないでほしい。近くに同種の店があっても、共存していくことができないと決まったわけじゃない。オーナーが言うとおり、たぶん、きみたちの店と、ご両親の店の客層はかぶらない。もし、オープンした後なら、ご両親だってそれに気づいただろう」

中江さんはしばらく黙っていたが、小さく頷いた。そして、はじめて笑顔を見せた。

「それにしても、シェフ、どうしてわたしが、あそこの娘だってわかったんですか？」

「まずは、メロンパンだけでなく、パン・オ・レまで置くのを嫌がったこと。ブリオッシュはかまわないのに、なぜパン・オ・レが駄目なのか不思議に思った。そのとき、〈ブラン〉のロールパンを思い出した。後は、きみがいなくなったタイミングと店が閉まっていたことだ。そして、確信したのは店名だった。斎木さんはフランス語がわからないから、名前を付けたのは中江さんだと聞いた」

中江さんは少し面《おも》はゆげに笑った。

「à pois rouge《ア・ポア・ルージュ》は赤の水玉という意味だけど、本当はそれだけでは単語として成り立たない。à の前にも単語が必要だ。そして、blanc à pois rouge《ブラン・ア・ポア・ルージュ》なら意味として通じる」

すなわち、白地に赤い水玉。

それは、あの店の庇《ひさし》と同じだ。

†

ふたりが帰ったあと、金子さんは大きく伸びをした。

「これで、また〈ブラン〉のパンが食べられるね」

ぼくは気になっていたことを口にした。

「中江さんがあんなにメロンパンやロールパンのことを嫌っていたのは、コンプレックスのせいだったんですね」

シェフが首だけでこちらを向いた。

「そういう考え方もあるな。だが、もうひとつの考え方もある。おれはこっちを取りたいね」

「なんですか？」

「ブランでいちばんうまいのは、メロンパンとロールパンだよ」

ぼくは驚いてシェフの顔を見た。どうやらシェフもあの店の常連だったらしい。

もしそれが本当なら。ぼくは笑顔になる。

邪魔をしないように、と思ったのは娘だって同じだったのだ。

マドモワゼル・ブイヤベースにご用心

Attention à Mademoiselle Bouillabaisse

店が終わった帰り道、ふいに金子さんがこんなことを言った。

「高築くん、お茶でも飲まない？」

普段なら、右と左に別れる交差点だった。少しびっくりした。金子さんとは店で楽しく会話をするし、仲がいいとは思っていたけど、帰り道でこんなことを言われたことはない。

普通の会社と違って、ビストロ・パ・マルが閉店するのは十時半である。後片づけに時間がかかれば、十二時近くになるときもある。金子さんは歩いて通えるマンションに住んでいるし、ぼくも自転車通勤だから電車の心配はないが、こんな時間に開いている店などあるのだろうか。

「ほら、国道沿いにファミレスがあったでしょ」

「いいですよ。行きましょう」

今日もすでに、十一時半をまわっているが、どうも普通にお茶を飲んでお喋りをしたいとか、そういうわけでもないような気がする。

ぼくの予感はやはり当たった。ファミレスの席につき、注文を済ませてしまうと金子さんは急に身を乗り出した。

「わたし、今日、大変なこと聞いちゃった」

「大変なこと？」

金子さんはいかにも秘密を口に出すように、あたりを見回して声をひそめた。

「三舟シェフ、好きな人がいるみたいなのよ」

思わずのけぞった。

いや、シェフだって独身の三十代男性である。好きな女性がいたからといって、不思議はないが、どうも彼の普段のイメージからはかけ離れている。しかもその後に金子さんが言ったことばに、また驚いた。

「それも、うちのお客さんよ」

今日、早めに午後の休憩から帰って、ワインセラーのチェックをしていた金子さんは、厨房で、シェフと志村さんがひそひそと話しているのを聞いたという。

シェフは、彼らしからぬ気弱な口調で、こうつぶやいていた。

「おれさあ、気になる客がいるんだよなあ」

ぼくは思わず口を挟んだ。

「気になる客ってだれですか？」

金子さんはまた声をひそめた。

「マドモワゼル・ブイヤベースよ」

ぼくは息を呑んだ。

「どう思う？　意外？　妥当？」

金子さんにそう問われて、ぼくは考え込んだ。

「シェフがお客さんを好きになったということ自体が意外ですから……。でも、まあ、それを差し引いたら妥当なところかと」

「そうよね。わたしもちょっとそう思った」

金子さんは満足そうに頷いた。

マドモワゼル・ブイヤベース。もちろん、それはぼくと金子さんが、こっそり呼んでいるあだ名であり、本名はたしか新城《あらしろ》さんとか言った。ときどき、ひとりでやってくる客である。

年は二十代後半くらい。ふわふわした柔らかそうなショートヘア。化粧気がなく、地味な印象ではあるが、それでもなかなか可愛らしい人だ。年齢的にはマドモワゼルではないが、なんとなく、マダムと呼ぶのも違和感がある。

そして、そのあだ名のとおり、彼女は必ず毎回、ブイヤベースを頼むのだ。

ブイヤベースには、新鮮な魚介類がたくさん必要だから、常にメニューにあるわけではない。だが、彼女はメニューにブイヤベースが載っていないときも、オーダーを取りに行くとこう尋ねる。

「ブイヤベースはできませんか？」

決して、高飛車《たかびしゃ》に言うわけではなく、むしろ、恥じるような控えめな口調で。

一度、魚介類が少ない日、「できないんです」と答えたとき、彼女はひどく寂しそうな顔をした。

それから、新城さんの予約が入っている日には、魚介類をブイヤベースひとり分は必ず確保することになった。それが無駄になったことは、今まで一度もない。

よっぽど、〈パ・マル〉のブイヤベースが気に入っているらしかった。

シェフと志村さんは、なにやら小さな声で新城さんのことを話していたという。その後、志村さんははっきりとした声でこう言ったらしい。

「わかりました。ぼくも協力します」

ぼくは、湯のようなまずい紅茶を噴き出しそうになった。

「きょ、協力ってなにをするんですか？」

「わかんないわよ。携帯番号を聞き出すとか？」

「携帯番号はわかってますよ」

予約客にはなにかトラブルがあったときのために連絡先を聞いている。新城さんの携帯番号も台帳を調べれば簡単にわかるはずだ。

「じゃあ、合コンを企画するとか」

「合コンですか……」

志村さんとシェフが並ぶ合コンなんて、まったく想像ができない。

金子さんは、トマトジュースに添えられたレモンを弄《もてあそ》びながらつぶやいた。

「でもさあ、もしかしたらうまくいくかもよ。だって、新城さん、あんなにシェフのブイヤベースが好きなんだもん。シェフと結婚したら、毎日だって食べられるわけだし」

「それはちょっと安易な考えじゃないですか」

動物の餌付けじゃあるまいし。そう言うと、金子さんは首を横に振った。

「でもね。そういう基本的なところが合うかどうかって、すごく大事だと思うのよ。

わたし、映画の好みが違う人とはつき合えても、毎日ラーメンばかり食べるような男の人と、つき合う自信はないわ」

たしかに、言われてみればそうかもしれない。食の好みがまったく合わない同士では、一緒にいてもストレスがたまるばかりだろう。反対に、多少の意見の違いがあったとしても、同じものをおいしいと感じて一緒に食べれば、気持ちは和らぐ気がする。

「だから、さ。高築くんも、シェフのこと応援してあげてよ」

「そりゃ、もちろん応援はしますけど」

いったい、なにをすればいいのかわからない。だいたい、マドモワゼル・ブイヤベースのことだって、まったく知らないのだ。

〈パ・マル〉には女性のひとり客もときどきやってくるが、ひとり客にはふたつのタイプがいる。店の人間や、カウンターで隣に座った人との会話を楽しみたいタイプと、まったく放っておいてほしいタイプと。

ぼくの知る限り、新城さんは後者である。

無愛想なわけではないが、自分から話をすることはほとんどない。未婚か既婚かどうかもわからない。

金子さんは少し呆れたようにつぶやいた。

「まあ、高築くんにそんな繊細な気遣いを要求するほうが無理か。ともかく、もしシェフが、彼女を誘ったりしていても、邪魔しないようにね」

ちょっとムッとするが、事実なので反論できない。

頭の中で、シェフと新城さんが並んでいる姿を思い浮かべてみる。

似合わないというわけではないが、はっきり似合うとも言いがたい。ただ、シェフが本当に彼女のことを好きならば、うまくいってほしいと思う。

どうも、シェフが落ち込んでいるところは想像しにくいのだ。

†

その翌日、予約台帳をチェックしていたぼくは、ふと、あることに気づいた。

今日の夜七時、新城さんの予約が入っている。

今日のメニューにはブイヤベースも入っているから、それは問題ないが、いつもと違って、人数が二名になっているのだ。

この予約を受けたときには、新城さんのことは特に意識していなかったから、すっかり忘れていた。

ぼくは金子さんを呼んだ。

「どうかした？」

やってきた金子さんに予約台帳を見せる。彼女も少し驚いたようだった。

「もしかして、彼氏と一緒……ということはないでしょうか」

「そんなのわかんないわよ。女友達だといいんだけど……」

新城さんが恋人連れで現れたら、シェフはアプローチするまでもなく、失恋してしまうことになる。

「タイミング悪いわよねえ。シェフが志村さんに話す前に、彼氏と一緒にきてくれればよかったのに」

まるで、もう失恋することが決まったような口調で、金子さんは言った。

「どうしましょうか。それとなく、シェフに言ってみましょうか」

心の準備があるのとないのとでは、ショックの度合いが違うだろう。

「それもどうかと思うわよ。わたしたちまで気づいていたと知ったら、シェフ、よけいにショックだと思うもの」

たしかに言われてみればそうだ。そうなると、運を天にまかせるしかない。

予約の時間がくるまで、ぼくはなんとなく落ち着かない気持ちで過ごした。金子さんもそれは同じらしく、ワインの瓶を一本落として割ってしまった。なによりもワインが大切な彼女らしくない失敗である。

予約の時間ちょうどに、彼女はドアから入ってきた。相変わらず化粧気はないが、ツイードのワンピースなどを着て、いつもよりおしゃれをしている。

そして、その後ろからは、三十代半ばくらいの男性が入ってきた。

ぼくと金子さんは顔を見合わせた。

「万事休す」

彼女らを席に案内して戻ってくると、金子さんはそう言った。

「まだわからないですよ。兄妹とか……ただの友達という可能性も」

「兄妹じゃないわよ。それくらいは雰囲気でわかるもの」

こっそり厨房をのぞき見ると、志村さんとシェフもなにか小声で話している。ふたりの視線は間違いなく、新城さんと連れの男に注がれていた。心なしかシェフの表情が険《けわ》しい気もする。

ぼくはオーダーを訊くために、新城さんのテーブルに行った。

新城さんは、メニューの黒板を眺めながら、首を傾げた。

「アントレは、フォアグラのパテと、シェーブルのサラダを……ふたりで半分ずつ食べたいんですけど、できますか？」

「もちろんです」

中には、食べている途中で皿を交換する客もいるが、たいていのフレンチレストランではひとり分を半分ずつ盛りつけて、二種類の料理を楽しめるように頼むこともできる。新城さんは、それを知っているようだった。

「それと、メインはブイヤベースをふたり分」

出た。と、心でつぶやく。マドモワゼル・ブイヤベースだけではなく、連れの男性もブイヤベースらしい。

やはり、「ここのブイヤベースがおいしいの」と彼女が話して、一緒にきたのだろうか。

オーダーを厨房に通すと、交代で金子さんがワインの注文を訊きに行く。

いつも、新城さんはミュスカデをグラスで頼んでいたはずだが、今日はどうだろうか。

ほかのテーブルにも気を配りながら、ぼくは考えた。

新城さんは、今までいつもひとりで食事をしにきていた。恋人がいる女性なら、そんなことをするだろうか。もちろん、彼氏が仕事で忙しい日や、会えない日もあるから、ひとりで食事をすることもあるだろう。だが、その場合は、ときどきは彼氏と一緒にやってくるのではないか。

シェフもそう考えたから、新城さんのことを意識するようになったのではないだろうか。

だから、もしあの男が新城さんの恋人だとしたら、ごく最近つき合いはじめたばかりのはずだ。

金子さんが戻ってきた。小さな声でぼくに言う。

「ミュスカデ。ハーフボトルで」

「どうやら、男性のほうはあんまりフレンチを食べ慣れていないようですね」

「お、高築くんも最近はお客さんのことがわかるようになったじゃない」

金子さんは悪戯っぽく笑った。そう言うからには、彼女も同じ意見なのだろう。

細かく観察しなくても見当がつく。フォアグラのパテも、シェーブルのサラダも、彼女がよく頼むアントレだ。そしてブイヤベースと、ミュスカデ。彼女の好みそのままだ。男性のほうもフレンチを食べ慣れていたら、多少は彼の好みも混じるだろう。わからないから、すべて注文を彼女にまかせたのだ。

ふたつの皿に分けられたアントレ――フォアグラのパテと、シェーブルのサラダが出てくる。ぼくは皿を四枚持って、テーブルへと向かった。

余談だが、一皿をふたりで分けるという注文は、盛りつけの美しさを考えると必然的に、半分より少し多くなってしまう。つまりは、たくさん食べたい人にもうってつけなのである。

少し表面を炙《あぶ》ったフォアグラのパテは、〈パ・マル〉の看板メニューだし、シェーブルのサラダも、爽《さわ》やかなハーブとオーブンで焼いたクロタンの濃厚な味が調和した、人気メニューのひとつである。

ふたりは楽しげに会話をしながら、料理を口に運んだ。

金子さんが言ったこともわかる。たしかに兄妹には見えない。そして仕事の上での接待などという雰囲気もない。友達だとしてもかなり親密で、つまりは恋人同士というのがいちばんしっくりくるような雰囲気である。

やはり、シェフの失恋は確定のようだ。

ちょうどふたりがアントレを食べ終えたころ、厨房からブイヤベースの鍋が出てきた。ブイヤベースは冷めないように、鋳鉄の鍋でサーブされる。

豪快にぶつ切りにした、金目鯛やホウボウ、ワタリガニやムール貝が、サフラン風味のスープから顔をのぞかせている。

フレンチのブイヤベースといえば、魚はスープとして丁寧に漉《こ》し、その後に貝や海老だけを入れた上品なものが多いが、シェフが作るのはもっと野趣あふれる一皿である。

もともと、ブイヤベースはマルセイユの荒くれ漁師たちが作る豪快な料理だ。あまり上品にしては、その個性が薄れてしまうというのが、シェフの持論だ。

ルイユというにんにくのたっぷり入ったマヨネーズ、カリカリに焼いたバゲット、そしてたっぷりのグリュイエールチーズが一緒にサーブされる。客は好きなだけそれを入れて、熱々を食べるのだ。

ブイヤベースがくると、新城さんたちは急に無言になった。

雰囲気が悪くなったわけではない。魚を取り分けたり、ルイユを入れたり、海老を殻から外したり、ワタリガニの殻をしゃぶったり、することがたくさんあるのだ。

先ほど見たところ、今日のワタリガニは、オレンジの卵をたくさん抱いていて、いちだんとうまそうだった。

その後、次々と料理ができ上がり、ぼくはしばらくそれを運ぶことに専念した。

「あの……すみません」

声をかけられて、ぼくはあわてて振り返った。新城さんだった。

「はい、いかがしましたか？」

もう食べ終えて、待たせてしまったのかと思ったが、まだふたりの鍋にはブイヤベースが残っていた。

新城さんがおずおずと言った。

「あの……もうお腹いっぱいになってしまって……残った分を持って帰ってもかまいませんか？」

ぼくは少し口ごもった。持ち帰った料理が、どんな状態で食べられるか、店にはわからない。もし、ずさんな保存をされて食中毒の原因になっても困るから、基本的には持ち帰りはやっていない。

それにローストビーフやキッシュなど、水分の少ないものなら、まだ持って帰ってもらうことはできるが、ブイヤベースは無理ではないだろうか。

「申し訳ありませんが、魚介類は傷《いた》みやすいですし、お持ち帰りはご遠慮いただいています」

新城さんは可愛らしく手を合わせて、ぼくの顔を上目遣いに見た。

「きちんと冷蔵庫に入れて明日の朝食べるから、お願い……」

「でも、水分の多いものは難しいですし……」

そう言うと、彼女は鞄をごそごそとかきまわした。出てきたのはなんと、プラスティックの密封容器だった。

「偶然、今日持ってたんです。これに入れてもらえますか?」

そういうものがあるのなら、持って帰ってもらってもいいような気がするが、ぼくの一存では決められない。

上の者に訊いてきます、と断って、ぼくは厨房へ向かった。

デセールの盛りつけをしている志村さんに尋ねる。

「あの、新城さんがブイヤベースがあまったのでお持ち帰りになりたいとおっしゃっているんですが……」

志村さんが驚いたように顔を上げた。コンロの前で、ステーキを焼いていたシェフも振り返った。

「ちょっとそれは……あまりにも……」

なぜか志村さんは笑いだした。シェフもにやにやしている。

「ちょっと図々しいよなあ」

図々しいというのはどういうことだろう。ぼくは不思議に思いながら、交互にシェフと志村さんの顔を見た。

志村さんが、飾り付けの終わったグラス・エ・ソルベをカウンターに出した。

「ぼく、ちょっと行ってきましょうか」

「ああ、頼む」

ふたりの会話の意味がまったくわからない。志村さんは、そのまま厨房を出て、新城さんたちのテーブルに向かった。ぼくはあわてて彼を追いかけた。

テーブルの横に立つと、志村さんはほかの客に聞こえないように声をひそめて、こう言った。

「失礼ですが、どちらのお店の方ですか？」

†

客がほとんど帰ってしまった後、新城さんとその連れの男性――園田《そのだ》と名乗った――はカウンターに移動した。

「本当にごめんなさい」

新城さんはぺこりと頭を下げた。

「言わなきゃいけないとは思っていたんですけど、なんか言いだしそびれて……そうなると、よけいに言いにくくて……」

シェフは後片づけをしながら答えた。

「いいえ、別に同業者の方でも、普通に食べにきていただく分には、ほかのお客さんと同じですから、かまわないんですよ。ほかにもプライベートできてくださるフレンチのシェフはいますし……」

新城さんは首を横に振った。そしてはっきりと言う。

「いいえ、わたし、こちらのブイヤベースの味を盗みたくて、通っていたんです」

新城さんは、うちからさほど遠くない、フレンチレストランのシェフだと言った。〈シェ・ミナ〉という店の名前は雑誌などで目にしたことがある。

正直な話、料理界はまだまだ男性社会である。中でもフレンチのシェフに女性は少ない。そんな中、まだ三十前の若さで、店をまかされているというから、たいしたものだ。

園田さんは、新城さんの店のオーナーだという。ぼくと金子さんの予想は完全に外れていた。フレンチを食べないフレンチレストランのオーナーなど、うちのオーナー以外にはいないと思うから、たぶん、新城さんと食の好みも一緒なのかもしれない。

新城さんは説明を続けていた。

「ここのブイヤベースをはじめて食べたとき、本当にびっくりしたんです。わたしが作っているブイヤベースと全然違う。わたしのブイヤベースは、師匠だった人から教えてもらったものです。それまでは、おいしいと思っていたのに、〈パ・マル〉のを食べてから、ちっともそう思えなくなって……だから休みのたびにここに食べにきていたんです」

彼女はふうっとためいきをついた。

「何度食べても、やっぱり秘密がわからなくて……それで持って帰って、自分のと食べくらべてみたいと思ったんです。本当にごめんなさい」

「別にいいですよ。おれだって、いろんな店の料理を食べて、その中から自分の味を見つけていったんだ。……ただ、やっぱり名乗ってほしかったですけどね」

「そうですよね。すみませんでした」

そう言いながら、新城さんは微笑した。シェフがさほど怒っている様子がないので安心したようだ。

ぼくは小声で金子さんに話しかけた。

「とんだ勘違いでしたね」

シェフが「気になる客がいる」と言ったのは、彼女が同業者かもしれないという意味だったらしい。

ふいに、新城さんが立ち上がった。

「そうだ！　もしよかったら、わたしのブイヤベース、食べてみてくださいませんか？」

赤い顔になってあわててつけ加える。

「許してもらったからって……図々しいんですけど……本当にわからないんです。どこをどうしたら、おいしくなるのか。だからアドバイスをいただければ……」

修業したレストランは、肉料理にばかり力を入れていて、あまり魚料理は得意でなかったのだ、と、彼女は話した。

「ポワレとか、オーブン焼きなんかはまだいいんですけど、ブイヤベースとかクールブイヨン煮なんかは苦手なんです」

シェフは少し手を休めて、首を傾げた。

「クールブイヨンで煮た魚は、あんまり日本人の口には合わないと思いますよ。ぼくもさほど好きではない」

「でも、ブイヤベースはお好きでしょう？」

今まで黙っていた園田さんが、口を開いた。

「そうですね。自分の嫌いなものはメニューには載せない。小さな店ですからね」

シェフは少し考え込んでから頷いた。

「わかりました。新城さんさえよければ、味見してみてもいいですよ。アドバイスができるかどうかわかりませんが」

新城さんの顔がぱっと輝いた。

「本当ですか！　どうもありがとうございます」

金子さんがふいに、ぼくの袖を引いた。ワインセラーの陰に連れていかれる。

「シェフ、やっぱり新城さんのこと好きなんじゃないの？」

まだそんなことを言っている。ぼくは肩をすくめた。

「違うことがわかったじゃないですか」

「だって、あまりにも優しいわよ。普通だったら、味を盗もうとした同業者には、もっと冷たく接するんじゃないの？　なんたってライバルなんだから」

「単にあんまり気にしてないだけじゃないですか？」

金子さんは厨房のほうを窺《うかが》いながら、そうかなあ、とつぶやいた。

カウンターのほうを振り返ったぼくは、彼女の隣で、園田さんが不機嫌そうな顔をしていることに、はじめて気づいた。

その表情の意味はぼくにはわからなかった。

ランチタイムが終わり、ディナーの仕込みを済ませた四時頃、ぼくたちは早い夕食を取る。普段なら志村さんがランチか前夜の残り物を使って、さっとまかないを作ってくれるのだが、そのまかないの代わりに、彼女が自分で作ったブイヤベースを持ってきてくれるという約束だった。

新城さんと約束をしたのは、その三日後だった。

†

だが、約束の時間を過ぎても、新城さんは現れなかった。

四時二十分になったとき、業《ごう》を煮やしたのか、志村さんが立ち上がった。

「軽くカスクルートでも作りましょう。なにも腹に入れずにディナーの支度をするわけにはいかないでしょう」

シェフも軽く伸びをして、そうだな、と言った。

もしかしたらなにかトラブルがあったのかもしれない。だが、休日ではないのだから、シェフもいつまでも待っているわけにはいかない。

「ま、腹がいっぱいでも味見くらいはできるしな」

「約束の時間にこなかったのは向こうなんですから、無理につき合う必要はありませんよ。こっちには、なんのメリットもないんですから」

志村さんは、らしくないほどの強い口調でそう言った。

普段は温和で、辛辣《しんらつ》なことなどほとんど言わない志村さんだが、時間にルーズな人間と、いいかげんな猫の飼い方をしている人だけには容赦がない。

ちょうど、志村さんのカスクルートができあがったころだった。

「ごめんなさい！　遅くなって！」

息を切らして、新城さんが飛び込んできた。手には業務用の密封容器を抱えている。

「もうお食事済ませてしまいましたか？」

「いや、今から食べようと思っていたところ」

彼女は大げさに胸を撫で下ろした。

「すいません。温めますので、厨房お借りできますか？」

志村さんが彼女をキッチンの入り口に案内する。ほどなくして、あたたかい湯気の立つ皿が出てきた。

シェフだけではなく、ぼくや金子さんの前にも置かれた皿を見て、おや、と思う。

ブイヤベースの味見をするという約束だったのに、出てきたのはブイヤベースではなかった。

「これは……スープ・ド・ポワソン？」

スープ・ド・ポワソンは、ブイヤベースと違い、魚をきれいに漉してスープだけを楽しむ料理である。作り方や材料はブイヤベースとほとんど一緒だが、もっと上品で、手の込んだ一皿だ。

新城さんは、まるで、言い訳でもするかのように早口でまくし立てた。

「あれから、オーナーとも相談したんですけど、うちの店で出すんだったら、庶民的なブイヤベースよりもやっぱり、スープ・ド・ポワソンになるかなと思ったんです。ですから、そちらを作ってきました」

たしかに、〈シェ・ミナ〉は、〈パ・マル〉よりも高級感のあるレストランだ。だが、わざわざそんなことを言うなんて、なんだか感じが悪い。志村さんも言ったように、シェフは純粋に好意だけで、アドバイスをするつもりなのに。

だが、それに関してはなにも言わず、シェフはスープを口に運んだ。金子さんや志村さんも食べはじめたので、ぼくもスプーンを手に取った。

決してまずいわけではない。むしろ、おいしいと思うが、やはりシェフの作るブイヤベースとくらべれば、数段落ちる。

シノワと呼ばれる漉し器を使い、丁寧に漉したスープ・ド・ポワソンは、魚の肉の旨みがすべてスープに溶け込んでいるから、ブイヤベースよりも濃厚な味になるはずなのに、どこか、水っぽいというか、物足りない。

シェフはスプーンを置いた。

「まず、火の通しすぎだな。魚は想像以上に火の通りが早いし、煮すぎるとすぐにまずくなる。肉の煮込み料理が得意な料理人がやりがちな失敗だ」

「気をつけていたつもりなんですけど……」

「それと魚の種類だ。金目と舌平目、ホウボウと鯒《こち》、それと赤座海老《あかざえび》に帆立、あとムール貝を使っているな。上品な味にはなるが、もっとゼラチン質の多い魚を使うべきだ。穴子とか、カサゴなんかもいい」

魚の種類まで言い当てられたことに、新城さんは少し驚いたようだった。

「でも、〈パ・マル〉のブイヤベースにも、穴子やカサゴは入ってないんじゃ……」

「いや、入っているよ。スープ用の魚は最初に煮て、漉してから、次に食べるための魚を入れる。だから、姿は見えないが、スープにはしっかり味が溶け込んでいる」

一見、豪快なように見えて、かけるべきところにはしっかり手間をかけている。それがシェフの料理だ。

「その二点に気をつければ、もっと旨くなると思うよ」

「どうもありがとうございます」

新城さんは、深々とお辞儀をした。シェフはなぜか、気まずそうに咳払いをした。

「それと、オーナーとはいつ結婚するのかな」

シェフの口から出た意外なことばに、ぼくと金子さんは顔を見合わせた。新城さんもきょとんとした顔をしている。

「来年ですけど……だれからお聞きになったんですか？」

「いや、そうじゃないかと思っただけだ」

新城さんの目が丸くなる。

「どうして……そんなふうに見えましたか？」

「いや、前に会ったときには気づかなかった。だけど、このスープ・ド・ポワソンで気がついた」

ぼくは改めて、自分の前の皿を見た。一皿のスープで、作った人が結婚するかどうかまでわかるものだろうか。

シェフは少し困ったように笑った。

「どう説明すればいいのかな……。少なくとも、この料理を作りはじめたとき、きみはスープ・ド・ポワソンを作るつもりなどなかったはずだ。もし、はじめから、そのつもりならば、帆立やムール貝は入れないはずだ。やはり、このふたつはスープを取るというよりも、具として食べる食材だ。漉しても、魚と違ってシノワにそのまま残ることになる。だから、ブイヤベースとして作ったものを、スープ・ド・ポワソンにしたのは、なにか予期せぬ出来事が起こったことになる」

新城さんは、なぜか下を向いていた。結婚することを言い当てられて、恥じらっているような雰囲気ではなかった。むしろ、動揺しているように見えた。

「だが、もし、自分や、料理人のミスでなにかが起こったのだとしたら、うちに電話をして、日を変更することだってできる。それをせず、『うちで出すならブイヤベースよりも、スープ・ド・ポワソンだ』と言うからには、作り直しても、また同じ理由で、スープ・ド・ポワソンにしなければならないからではないかと、おれは思った」

ぼくは首を傾げた。ブイヤベースをスープ・ド・ポワソンにしなければならない理由なんて、「取り返しがつかないほど煮くずれてしまった」くらいしか思い浮かばない。

シェフは話し続けた。

「ちょっと視点を変えてみる。もし、きみに嫉妬深い恋人がいて、きみが自分の作ったブイヤベースを、別の男に食べさせることを知っていたらどう考えるか。もしかしたら、魚の種類自体がなにかのメッセージになっているかもしれない。鍋の中に、貝の殻に書かれた秘密のメッセージが隠されているかもしれない。魚の口の中に、なにか意味深なアイテムでも入っているかもしれない。そんなふうに不安になる男もいるかもしれない。……きみはとても魅力的だ」

ぼくははっとした。金子さんと志村さんも、やっとシェフの言いたいことに気づいたようだった。

「厨房に自由に入ることができる人間、そして、メニューの変更を指示できる人間。そんなことをしても、きみが文句を言えない人間といえば、ひとりしかいないんじゃないか？」

オーナーである園田さんだ。

「園田さんは、不安からきみに命じたのではないのかな、ブイヤベースではなく、スープ・ド・ポワソンにするように、と」

「そのとおりです」

新城さんは、まるで深呼吸するかのように大きく息を吐いた。

「プロポーズは先週でした。彼の持っている、もう一軒のフレンチレストランで彼と食事をしたら、ローストチキンの詰め物の中に、指輪が入っていました」

それを聞いて納得する。自分がそんなことをしたばかりだから、彼女のブイヤベースもあやしく見えたのだ。

「本当は断ろうかと思ったんです。だけど、悪い人ではないし、嫌いなわけでもない。それに断った後、お店を続けられるかどうかわからなかった。だから、受けることにしました」

そう言って、彼女は自嘲するように笑った。

「だから、彼が不安に思って、そんなことをしたのも、無理はないのかもしれない。わたし、後悔していて……今、迷っているんです」

彼女は一瞬だけ黙り、それからシェフを見た。

「この前の夜、気づいたんです。わたし、三舟シェフのことが好きです」

そう言われた瞬間のシェフの顔を、ぼくは絶対忘れないだろうと思う。今まで、ここまで動揺したシェフは見たことがない。

「い……いったいなにをっ……」

ぼくは志村さんたちと顔を見合わせた。まるで自分たちが透明人間になったみたいだった。人前で告白するなんて、想像以上に大胆な人だ。

「はじめはやっぱり、ブイヤベースでした。どうしたら、こんなおいしいブイヤベースが作れるんだろうと思って、それから、作ったシェフのことを知りたいと思いました。カウンターから、ずっとあなたのことを見ているだけで幸せで……だけど、自分が恋をしていたことに気づいていなかったんです。気づいていたら、彼のプロポーズは受けなかった」

男の立場で考えれば、ひどく身勝手な言い分だと思う。だが、それは間違いなく、彼女の本音なのだろう。身勝手さを取り繕《つくろ》うことすらしない分、ひどくリアルに感じられた。

「見ていられるだけでいいと思っていました。だけど、彼はこれからひとりでこの店にきてはいけないと言った。くるときは、自分と一緒だ、と」

この前の夜、彼女が自分の気持ちに気づいたのと同じように、彼も気づいたのだろう。彼女の心が揺れていることに。

「それを聞いて、はじめてわかったんです。結婚って、今までの生活に彼という存在がプラスされるだけだと思っていたけど、そうじゃないんだって。わたしはこれから、自分の好きな場所にひとりで行って、好きなように食事をすることすらできないんだって……」

彼女はそう言うと唇を閉ざした。そのまま、シェフの顔を凝視する。彼の答えを待つかのように。

シェフはぼりぼりと頭を掻いた。

「困ったなあ……」

「困りますか？　さっき、わたしのこと、魅力的だって言いましたよね」

すがるような目で彼女は問い返した。

「ああ、困る。きみの言い分はわからないでもないが、やっぱりきみは、不誠実だ。おれになにかを言う前に、婚約者に謝るべきじゃないのか」

「それはわかっています」

シェフは首を横に振った。そして言う。

「いいや、わかってない。今、きみはひどくずるい立場だ。おれの返答如何《いかん》では、なにもなかったふりをして、婚約者のもとに戻ることができる。悪いが天秤《てんびん》にかけられるのは好きじゃない」

彼女がかすかに息を呑んだ。

「それじゃ……」

シェフは小さな声でつぶやいた。

「順番が変わっていたら、導き出される答えも変わっていたかもしれない。でも、もし、今、イエスかノーかで答えるなら、返事はノーだ」

彼女はしばらくその場に立ち尽くしていた。やがて、なにも言わずに店を出ていった。

†

その夜の〈パ・マル〉は大変な騒ぎだった。

シェフが三度も、砂糖と塩を間違えて、料理が突っ返されてきた。デセールのタルトを焼きすぎて、メニューから外さなければならなくなった。

とうとうシェフは志村さんによって、ガス台の前から追い払われ、洗い場で食器洗いに徹していたが、数え切れないほど皿を割った。

開店以来という大騒動の夜が終わり、金子さんがぼくの隣にやってきて言った。

「やっぱりさあ、シェフは新城さんのこと、好きだったんじゃないの？」

ぼくは大きく頷いた。

「ぼくもそう思います」

氷姫

La princesse des glaces

切羽詰まった吐き気で目が覚めた。

まだ朦朧《もうろう》とした頭で、トイレに駆け込む。ドアで足の小指をしたたか打った。

便器に突っ伏して吐きながら思った。最悪だ。

吐いているうちに涙がぼろぼろとこぼれてきたので、ついでに泣いてやろうかと思ったが、泣くことはできなかった。昨夜は泣きたいのを必死に堪《こら》えていたはずなのに、なにもかもがちぐはぐだ。

杏子《きようこ》が出ていった。愛していたとか、大事な人だったとかそんなことはもういい。彼女は出ていった。もうここにはいない。

吐きすぎて、食道が焼けるように痛んだ。最悪だ。

便器から顔を上げて、トイレの壁にもたれた。昨夜、痛みを紛らすために呷《あお》った焼酎《しようちゆう》のせいで、胃も爛《ただ》れたように重い。

起き上がるのも面倒だ。このまま死んでもかまわないとすら思う。やっと手に入れたと思っていたこの世でいちばん大切なものが、昨夜、ぼくの指の間から、飛び去ってしまったのだ。これ以上の絶望などない。

このまま悲しみに浸っていたいのに、心の一部は冷静に動きはじめる。まるであらかじめセットされた目覚まし時計が、世界の終わりにもベルを鳴らすように。

今夜、恩師と食事の約束をしていたことを思い出した。キャンセルはできない。

ぼくはよろよろと起き上がった。

また思い出した。胃も食道もひりひりと痛んでいるのに、たしか相手はフランス料理のレストランを予約していると言っていた。

思い出すと同時に、また吐き気がこみ上げてきて、ぼくは便器の上に崩れ落ちた。げえげえと黄色い胃液を吐きながら思った。最悪だ。

†

杏子と出会ったのは、ぼくが大学生のときだ。つまりは十年も前。その間、別の女性とつき合ったこともあったけど、杏子のことを忘れたことはなかった。ぼくは十年間、彼女に片思いを続けていた。

いや、十年ではない。昨夜までの三年間弱を一緒に暮らしたから、片思いだったのは七年間。

それともやはり十年か。

――ごめんなさい。今までありがとう。

彼女はそんな手紙を残して去ってしまった。報われたと信じていた三年間ですら、彼女の心はぼくのもとにはなかったのだろう。そう思うと自分のおめでたさに、笑みさえこぼれてくる。

彼女は、大学の友人である原《はら》の妹だった。二年生の学園祭のとき、はじめて会った。当時、彼女はまだ高校三年生で、ぼくと原が通っている大学を志望しているのだと聞いた。

まっすぐな黒い髪を背中までのばした、すらりと背の高い女の子だった。理知的な切れ長の目と、白い肌がきれいだと思った。彼女が笑いかけた瞬間、心臓に爪を立てられたような気がした。一目惚れだった。

一緒にいたのはたった三十分ほどだったのに、それから一か月経っても彼女の顔が頭から離れなかった。日が経つにつれ、記憶が薄れてくるどころか、鮮明になってくるようだった。

だから冗談めかして、原に尋ねた。

「杏子ちゃん、可愛いよなあ。彼氏いるの？　いなければ立候補していい？」

馬鹿を言うな、と一喝されると思っていた。原は彼女を可愛がっているようだったし、兄というものは美人の妹に独占欲みたいなものを感じるものだ。いくら友達とはいえ、取り持ってはくれないだろう。

だが、原はなぜか微妙な顔をした。

「あいつはやめとけ」

「なんでだよ」

「さらっとつき合えるようなタイプじゃないんだよ。生真面目《きまじめ》だし……圭一《けいいち》はいい奴だから、あいつとつき合ってくれるならうれしいけどさ。それでもおまえの手に負えるような奴じゃないよ」

思いもかけないことを言われて、ぼくは戸惑った。

「手に負えるような奴じゃないって……どういうこと？」

原はことばを濁《にご》して、話を打ち切った。だが、ここで引き下がるわけにはいかない。

もし、彼女が真面目すぎて、遊びでつき合うようなタイプじゃないという意味なら問題ない。弄んで捨てるようなつもりはない。

しつこく尋ねると、原は言いにくそうに口を開いた。

「リスカ癖があるんだよ」

「リスカ？」

「リストカット。今まで何度も自殺未遂騒ぎを起こしているんだ」

「どうして？」

「知るかよ」

家族はごく普通でなんの問題もないのだと原は説明した。母親はおおざっぱにすぎるくらいの性格で、父親は仕事人間だが、それでも絶望するほど嫌な家庭だとは思えない。実際杏子と両親の仲が悪いわけでもない。夏休みなどは、家族揃って必ず旅行に行き、そんなときの杏子はとても楽しそうに見えるのだと。

学校でいじめられているという話も聞かない。演劇部の友達とも仲良くやっているようだし、先生から問題があると言われたこともない。成績だって悪くない。

なのに、彼女はときどき手首を切る。

救急車を呼ぶほど深く切ったのは、一度だけ。一年前の冬だったという。狼狽《ろうばい》した両親が理由を尋ねると、彼女は特に悲壮感もなく答えたという。

「死んでみたくなったの」

それを聞いて、啞然とした。まるで「ハワイに行ってみたい」というような言い方だ。死んだらもうそこで終わりなのに、彼女はそれに気づいていないのか。

その後も、二、三か月に一度、彼女は手首を切るらしい。

だが、さほど深くは切らない。わざとらしく手首に包帯が巻かれていて、やっと気づくのだと原は語った。おおざっぱすぎる母親と、仕事人間の父親は気づかない。原が教えてやっとそれを知り、両親は杏子をカウンセリングに連れていった。一度はそれで止まったが、しばらくするとまた手首に白い包帯は巻かれている。

「たぶん、本当に死ぬつもりはないと思うし、思春期ゆえのもやもやしたなんかがあるんだろうけどさ。やっぱり、普通じゃないだろ」

原にそう言われて、返事に困った。

たしかにややこしい。自分の手に負えるとは思わない。

そのときは、それを聞いてあきらめたが、半年後、彼女は同じ大学に入ってきた。会えば挨拶をし、ときどきことばを交わす。原と一緒に昼食を食べていると、彼女は躊躇《ちゅうちょ》することなく同じテーブルにやってきた。

話をしてみた彼女は、しごくまともな女の子だった。

特別エキセントリックなわけでもないし、むしろ冷静で頭がいい。冗談も言うし、よく笑う。

夏でもいつも長袖のシャツを着て、袖口のボタンをしっかり留めていることをのぞけば、普通の女の子だった。

次第に、また彼女に惹かれていく自分に気づいた。思いは、風船のように際限なく膨らんでいった。

それは彼女と出会ってはじめての夏、帰りの電車の中で、偶然杏子と会った。ちょうどテスト期間で、その緊張感と「これが終われば夏休み」という解放感、それが綯《な》い交《ま》ぜになって、ぼくは少しハイテンションだった。

だから、思わず誘ってしまったのだ。

「どこか行かない?」

彼女は首を傾げた。同じくらいの身長だから目の高さもほぼ同じだ。

「どこ?」

「お茶とか」

もう少し気の利《き》いたことが言いたかったが、すぐには浮かばなかった。彼女は少し考え込んで言った。

「かき氷が食べたいな」

彼女がぼくを連れていったのは、古くて小さな甘味屋だった。女の子でいっぱいだったらどうしようかと思ったが、落ち着いた雰囲気の店内には、おばさんと老人しかいなかった。

「氷あんず」

彼女はそう注文した。ぼくも同じものを頼んだ。かき氷を食べるのは子供のとき以来だ。

「氷あんずって、はじめて聞いた」

「そう？　おいしいよ」

運ばれてきたのはうずたかく盛られたかき氷の上に、甘く煮たあんずが載せてある皿だった。おそるおそる口に運んだ。

あんずの果肉はシロップを含んでしっとりと重い。少し押しつけがましいほど甘酸っぱいそれが、舌の上で氷と混じり合う。不思議な味だった。

彼女はさくさくとリズミカルに氷を口に運んだ。ぼくが食べるよりもずっとペースが速い。追いつこうと急いでスプーンを動かすと、眉間がつんと痛んだ。

ぼくのそんな顔を見て、彼女はくすくすと笑った。きれいだな、と思った。

またスプーンを手に取ったとき気づいた。

珍しく彼女の袖のボタンが外れていて、そこから細い手首がのぞいていた。薄赤く変色した傷がいくつもあった。

その手を握りたいと思った。彼女が手首に刻んだのは、ことばにできない痛みだ。こうやってかき氷を食べながら、彼女は今も内側に悲鳴を抱えている。それを共有できるのなら、むしろ幸せだと思った。

この日、ぼくは、本当に彼女に恋をしたのだ。

†

だが、ぼくは彼女に告白することはできなかった。

彼女に別の恋人ができたからだ。代わりにぼくが手に入れたのは、彼女の友達の座だった。原を通さずに電話をしたり、会って一緒に映画を観に行くこともあった。あの甘味屋で氷あんずを食べながら、恋人の話も聞いた。

もちろん、胸の痛みはあった。もう少し早く行動していれば、という悔恨も。

だが、それでもそばにいられるだけでいいと思ったのだ。

大学を卒業すると、原は自分の研究を続けるため、北海道にある会社に就職することを選択した。帰ってくるのは盆と暮れだけになる。彼はぼくに言った。

「圭一、杏子を頼む」

そしてぼくには彼女の兄代わりという、もうひとつの役割ができた。

彼女のことを忘れようとして、別の女性とつき合ったことはある。だが、うまくはいかなかった。ぼくの目はずっと彼女だけを見ていた。

出会ってから五年が過ぎたころ、彼女は大学のときからつき合っていた恋人と別れた。

ぼくが浮き足立たなかったといえば嘘になる。今こそ、友達や兄代わりの立場から脱却する時だと思った。

だが、すぐに告白するのは、あまりにも性急だし、彼女だって気持ちの整理がついていないだろう。そう考えてぼくは少し待った。後になって思えば、この逡巡《しゅんじゅん》こそがすべての元凶だったのかもしれない。

三か月後、ぼくは彼女をあの甘味屋へ呼び出した。ちょうど夏だったから、氷あんずを食べようと。

はじめてきたときと同じ席で、向かい合って氷あんずを食べた。

彼女のペースがぼくよりも速いのも、ぼくが頭痛に悩まされるのも同じだった。

彼女の器が空になるのを待って、ぼくは切り出した。

「その……彼氏と別れたばかりでこんなことを言うのはなんなんだけど、ぼくのこと、どう思っている?」

「え……?」

彼女の目が大きく見開かれた。

「どうって……?」

「その、男として」

それを聞いたとき、彼女の視線が宙を泳いだ。それだけでわかった。ぼくのことばは彼女を困らせていた。絶望がこみ上げる。だが、彼女の口から漏れたのは、それ以上に思いがけないことばだった。

「ごめんなさい。早く話すつもりだったんだけど……わたし今、悠人《ゆうと》くんとつき合っているの」

今度はぼくが目を見開く番だった。

寺坂《てらさか》悠人はぼくの後輩だ。くっきりとした顔をした二枚目だから、大学のときから女の子に人気があった。ぼくが彼女に紹介したのだが、ぼくの知る限り、寺坂と彼女は単なる知り合いでしかなかったはずだ。いつ、そんなことになったのか、見当もつかなかった。

「前々から、ときどきメールのやりとりをしていたの。で、彼氏と別れたって言ったら、告白されて……それで……」

「そうだったんだ……」

どう答えていいのかわからなかった。

寺坂は悪い男ではないが、どこか思慮の浅いところがあった。大学を中退したあと就職せず、インターネットオークションの転売で糊口《ここう》をしのいでいる。親が裕福で、買ってもらったマンションに住んでいて家賃はいらないから、それで充分だと言っているのを聞いたことがある。喧嘩っ早く、指導教授に殴りかかったこともある。後輩としてつき合うのならともかく、杏子の恋人としてはとても認められる男ではない。

だが、それを言うことはできなかった。

もし、杏子から先に、寺坂とつき合っていると聞いたなら、遠回しにでも「あいつはやめておいたほうがいい」と言っただろう。だが、ぼくはすでに杏子に自分の気持ちを知られていた。今、ぼくがなにを言っても嫉妬にしか聞こえない。

別れ際に彼女はこんなことを言った。

「ごめんね。圭一さんはすごくいい人だし、そう言ってくれてうれしかった」

そのことばはわずかな救いでもあったけど、同時に胸を掻きむしりたいほどの悔しさも生んだ。

ぼくはまた、機を逸してしまった。

それから、ぼくは少し彼女と距離を置いた。やはり気持ちを知られてしまったことの気恥ずかしさは拭《ぬぐ》えなかったし、彼女のほうだっていたたまれないだろうと思ったのだ。

彼女はときどきメールを送ってきてくれた。他愛のない近況の話ばかりだったけど、彼女がぼくのことを気にかけてくれているというだけで、たまらなくうれしかった。

寺坂はようやくコンビニ店員の職を見つけ、まともに働きだしたという。ふたりがつき合いはじめて一年半ほど経ったとき、彼女のメールにはこう記されていた。

「近々結婚しようと思っています。親の力は借りたくないから、大きな式はできないけど、ぜひ式には出席してね」

その文字を見た瞬間、ぼくは天を仰いだ。これでぼくの敗北は決定した。

ぼくは彼女をあきらめた。彼女といつか結ばれるという夢を捨て、代わりに彼女が幸せでいるように願った。だが、皮肉なことに、ぼくがそう心を定めてから、事件は起こったのだ。

その日の午前二時、携帯が鳴った。画面に映っているのは原杏子という名前だった。用もなくこんな時間に電話をかけてくるような女性ではない。

電話に出たぼくに、杏子の泣きそうな声が言った。

「もしもし、圭一さん……どうしよう」

一瞬、原になにかがあったのかと思った。事故かなにかで大怪我をしたのかもしれないと。

杏子は啜《すす》り泣きながらぼくに告げた。

「今、警察から電話があったの。悠人くんが、お客さんと喧嘩して、ナイフで刺し殺しちゃったんだって」

†

「杏子を頼む」

詳細を話すと、原はまたそう言った。ぼくは、できる限りのことをすると請け合って電話を切った。

事件の後、杏子はずっと放心したようになっている。仕事も辞めて、家にこもりっきりだ。無理もないと思う。目の前にあったはずの幸福が、急に逃げ去ってしまったのだ。

弁護士の話では、寺坂の落ち度は大きく、実刑は免《まぬが》れないということだった。もともと、クレーマーのように文句ばかりをつけてくる客で、以前から寺坂は腹を立てていたらしいというが、そんなことは言い訳にはならない。問題は、被害者が手を上げていないのに、寺坂が自分から彼を追いかけて、そしてナイフで背中を刺したということだ。それを聞いてぼくは目を覆った。初犯だし、なんとか過剰防衛になればいいと思ったが、それでは難しそうだ。

寺坂は、頭に血が上ったというだけで殺意は否認しているらしい。心から悔やんで反省しているという。だが、今更それがなんになるのだろう。やってから反省するくらいなら、そんなことをする前に、一度だけでも杏子の顔を思い浮かべればよかったのだ。

婚約は解消になった。最初、杏子は寺坂が帰ってくるのを待つと言い張ったが、両親はそれを許さなかった。寺坂の家族も平謝りで、婚約解消を受け入れたという。

ぼくは、プライベートな時間をすべて割《さ》いて、放心状態の彼女のそばにいた。彼女は泣くことすらしなかった。黙ってベッドの上に座り込んでいた。

古い傷跡ばかりだった手首に、また新しい傷が刻まれることになった。相変わらずそれは皮膚の表面だけを切った浅い傷跡ばかりだったけど、いつ、手がすべってしまうかわからない。頼むから止めてくれ、と懇願したぼくに、彼女は言った。

「こうしないと、わたしが本当に存在しているのかどうかわからないの」

そんなことをしなくても、きみは間違いなくここに存在している。ここにいて、ぼくの胸を締めつけている。そう言いたかったのに、ぼくはなにも言えず、ただ彼女を抱きしめたのだ。

だが、どんな喪失感でも時間が癒《いや》していく。半年ほどの時間を経て、彼女は少しずつ立ち直ってきた。そしてぼくを受け入れた。

急ぐつもりはなかった。結果的に彼女がぼくを受け入れてくれず、ただの騎士《ナイト》で終わってもいいと思っていた。ぼくがそう考えていたから、彼女は心の扉を開いてくれたのだと思う。手首に新しい傷が増えることもなくなった。

寺坂にはもう会わせない。それが彼女の両親と兄の共通した結論だった。もちろん、ぼくも同意見だった。

事故などではない。彼は自分から、彼女を幸せにするという責任を放棄したのだ。同情などできない。彼女も、もう会いたいとは言わなかった。

ぼくと彼女は一緒に暮らしはじめた。

一緒に暮らしてみてはじめて知ったことは多い。彼女がひどく寝汗をかくこと、意外に早起きをすること、料理が上手なこと。そして、考えていた以上にかき氷が好きなこと。

旧式のかき氷器を彼女は持っていた。子供のとき、家にあったような、丸くて大きな氷をがりがりと削るものだ。製氷器の氷も使える自動かき氷器を買ってやろうかと言っても、彼女は「削るのが好きなの」と言って笑っていた。

冬でもそれを取り出して、しゃりしゃりと氷を削る。家では氷あんずではなく、カルピスや梅酒などをかけていた。それをとても幸せそうな顔で口に運ぶ。

夏はともかく、さすがに冬はつき合えない。でも、かき氷を食べている彼女を見るのは好きだった。

はじめて会ったときや、告白してふられたときのことを思い出して、改めて今の幸せを感じるから。

†

三年半後、寺坂が出所した。予定より早かった。

彼はぼくの職場に連絡してきた。ぼくと彼女が一緒に暮らしていることは、刑務所にいるとき知ったと言っていた。自宅ではなく職場に連絡したのもそれが理由だと、彼は言った。

ちょうど杏子は両親と一緒に北海道の原を訪ねていた。向こうで結婚した彼の妻に、子供が産まれたのだ。

言いにくい話もしなければならないし、内容によっては声を荒らげてしまう可能性もある。ぼくは寺坂を家に呼んだ。もちろん、杏子がいないことも話しておいた。

しばらくぶりに会う彼は、少し太っていた。血色がいいのも、刑務所での規則正しい生活のせいだろう。彼のせいではないことはわかっていたが、少しムッとした。人間というのは勝手なものだ。痩せこけてみすぼらしい格好で現れていたら、もう少し同情したはずだ。

彼はなぜかクーラーボックスを持っていた。部屋に上がり、テーブルにつくと真っ先に頭を深く下げた。

「本当に申し訳ありませんでした」

「おれに謝る必要はないよ。杏子の両親に謝りに行けよ」

「はい、また改めてお詫びに行くつもりです」

本当は杏子にも謝らせたい。だが、それ以上に彼女に彼を会わせたくはなかった。

彼女の心が揺れるところなど見たくない。

「杏子に会わせるつもりはないから」

そう言うと、彼は目を伏せて頷いた。

「わかってます。おれももう彼女に会う権利なんかないと思ってます。それは覚悟していました」

ぼくは心でためいきをついた。わかっている。寺坂は別に悪い男ではない。だが、思慮が浅いということは、ときに思いがけない悲劇を呼ぶのだ。

「こんなこと言えた義理じゃないけど……先輩と杏子が一緒に暮らしていると聞いて、少しほっとしました。先輩だったら、絶対に彼女を大切にして……おれみたいな馬鹿なことしないから」

「おまえが馬鹿なことをしなければいちばんよかったんだよ」

あの事件のせいで、ぼくは彼女を得た。だが、彼女の心には決して消えない傷が刻まれたはずだ。

彼はまた頭を下げた。

「本当にすみませんでした」

帰り際、彼はクーラーボックスを開けた。

「これ、彼女の忘れ物です」

出したのはアルミの丸い容器だった。一目でそれがなにかわかった。かき氷器に使う氷を作る容器だ。彼女はそれをひとつしか持っていなかった。もうひとつ持ってきたはずなのにどこにいったかわからない。予備のを作れないから不便だと、いつも不満そうに言っていた。

「うちの冷凍庫に入ったままでした。おれの部屋、あれから電気もなにもそのままで……。だから返します」

受け取ると、指が張りついてしまいそうなほど冷たい。どうやら凍らせたまま持ってきたらしい。

「洗って持ってくればいいのに」

「出る直前まで忘れてたんです。どうせならそのまま、と思って」

彼が帰った後、ぼくはその容器を開けてみた。もしかしたら、中に寺坂からのメッセージが入っているかと思ったのだ。だが、入っているのは透明な氷だけだった。そのまま冷凍庫に入れた。

数日後、杏子が北海道から帰ってきた。冷凍庫を開けて目を見張る。

「あれ？　氷がふたつある」

「ああ、それ、引き出しから出てきたんだ。紛れてたんだと思う」

「そうなんだ」

彼女はいつものように、その氷をかき氷器にセットして、しゃりしゃりと氷をかいた。薄い氷片ははらはらとガラス皿の上に落ちた。

†

ぼくと彼女の話はそこで終わる。つまり、本当のところ、なにが起こったのかぼくにはまだわからないのだ。

打ち消しようのない事実は、翌日、仕事から帰ってくると彼女のさほど多くない荷物がすべてなくなっていて、テーブルの上に置き手紙があったということだ。

すぐにわかった。彼女は寺坂のもとに戻ったのだ。ぼくの前ではなにも言わないようにしていたけど、あいつのことをまだ忘れていなかったのだ。

彼女がそばにいること、そして彼女が笑っていること、その幸せに紛らせて、気づかないふりをしていたが、愛されていると感じたことはなかった。彼女はいまだに寺坂のことを思っていた。

なにより腹立たしいのは寺坂のことだ。口では神妙なことを言って、結局彼女に連絡をしたのだ。ぼくがいない昼間を狙って。そして彼女を連れ出した。怒りと悲しみで、ぼくは翌日のことも忘れて酒を呷《あお》り、そして今、トイレで情けなくもうずくまっているわけだ。

約束の時間は少しずつ近づいてくる。ぼくはよろよろと起き上がった。顔を洗って、鏡を見る。鏡の中の男は、ひどくみすぼらしい顔をしていた。目の下に隈《くま》が浮き、唇も土色だ。

予定をキャンセルするわけにはいかない。ぼくは胃薬を水で流し込み、なんとかスーツに着替えた。髪を撫でつけ、整髪料をつける。髭《ひげ》もきれいに剃ったが、鏡の中の顔は少しもさっぱりとしなかった。

これから会うのは大学のとき、ぼくの面倒を見てくれた教授だった。別の大学に移り、今は地方に住んでいる。たまたまこちらに出てくる用事があるということで、約束をした。世話になった人だというだけではなく、今日を逃せばまた長いこと会えなくなる。気分は重いがどうしても行かねばならない。

タクシーで教えてもらった店に向かった。ビストロ・パ・マルというのがその店の名前だ。

商店街の外れにその店はあった。雑居ビルの一階に、あまり垢抜けない看板が出ていた。重い木製のドアを開けると、取り付けられたベルがからからと鳴った。教授はすでに、テーブルについていた。再会を喜び、握手をする。

若いウェイターが注文を取りにきた。教授はお薦《すす》め料理などを訊いている。ぼくはどこか遠いところにいるような気持ちで、それを見ていた。

なにも食べたくない。なにも。

カリフラワーのスープ、ホワイトアスパラガス、ポトフにタルト・オ・ショコラ。料理の名前は、素通りするようにぼくの中を通り過ぎていく。訊かれるままに頷いて、注文が終わる。

次にやってきたのはソムリエの若い女性だ。短く切った髪がすがすがしい。彼女が抜いてくれた赤ワインは、時を重ねたような香りがした。

運ばれてきた料理にあまり手をつけず、ぼくはワインだけを飲み続けた。教授がなにを話しているのかも、ほとんど聞いていなかった。ただ、相づちを打って、笑った。

心が動くことを止めてしまったようだ。なにもかもが遠い。

飲んでも飲んでも少しも酔えなかった。アルコールですらぼくの味方にはなってくれない。せめても酔いの中に逃げ込みたいのに。

飲めば飲むほど心が冷えてきたような気がしたのに、唐突に意識が真っ白になった。

目を開けると、短髪の女性が顔をのぞき込んでいた。黒いベストと蝶ネクタイ。先ほどのソムリエの女性だ。

そう気づいたとたん、吐き気がこみ上げる。

「ト、トイレ……」

「あっちです」

彼女が指さした方向にぼくは、よろよろと走りだした。ウェイターの青年が開けてくれたドアに飛び込み、ぼくはまた吐いた。出たのは水分だけだった。

喉が胃液にさらされて、焼けるように痛む。ごほごほと咳き込みながら、ぼくは起き上がった。

「大丈夫ですか?」

ウェイターがおそるおそる尋ねる。ぼくは涙目で頷いた。

トイレから出て気づく。店内にはもうだれもいなかった。閉店時間のようだ。

「……すみません」

頭ががんがんと痛む。ぼくは、カウンターの椅子に座り込んだ。

「ゆっくり休んでいってください。店は閉めてますが、まだ片づけがあるんでしばらく店にはいますんで」

白いシェフコートを着た柔らかな物腰の料理人が、カウンター越しに声をかけてくれた。名札には志村とある。厨房の奥には、長めの髪を後ろでまとめた、うさんくさい風貌の料理人がいた。

「西村《にしむら》様はお帰りになりました。夜行の時間があるということで……すごく心配されてたんですけど……」

結局教授にも失礼なことをしてしまった。後で改めて謝罪しなくてはならない。

「すみません……体調が悪くて……」

「お気になさらず。そういうこともありますよ」

志村という料理人はそう言って微笑した。

「具合の悪いときに、フランス料理を食べにくるなんて無謀でしたよね。ご迷惑をおかけしました」

「そうでもないですよ」

どこかぶっきらぼうな声がそう言った。先ほど奥にいた料理人が、近づいてくる。無精髭《ぶしょう》など生やして、少し素浪人《すろうにん》のような雰囲気だ。

「うちが出しているのはフランス地方料理です。フランス人だっていつも元気なわけじゃない」

目の前に深いカップが置かれた。中には、琥珀色《こはくいろ》の液体が満たされている。

「これは……」

「あなたが注文されたポトフのスープです。胃が落ち着くかもしれませんよ」

そういえば、先ほど、目の前にすね肉や野菜がたくさん盛られた皿があった。ほとんど食べることはできなかったが。

胃が荒れきっていて、なにも欲しくないと思っていたのに、自然に手がカップを持ち上げていた。一口含むと、深い香りが口内に広がった。

心地よい熱さが喉を通り、胃へと伝わる。それから全身へと。

ああ、と自然に声が出ていた。

これは飲み物ではない、と思った。手だ。優しい手が喉を撫で、胃の内側を優しくさする。触れるところのできない場所まで、優しく触れられた。

あたたかくて、心地よい手だ。

そう感じたとたん、ぼくは泣きだしてしまっていた。

結局、ぼくはこの店の人々に、すべてを話してしまった。

はじめて訪れただけで、名前すら知らない人々に、友達にさえ話したことない心の内を、すべて打ち明けた。

知らない人だから、恥も外聞もなく話せたのかもしれない。

†

「彼女があいつのことを忘れられなかったのなら仕方がない。だけど、許せないのは寺坂だ。ぼくには『もう会う権利などない』と言いながら、彼女に連絡を取ったんだ。彼女を取り戻したいのなら、はっきりとぼくにそう言えばいいのに」

カウンターにもたれて話を聞いていた、無精髭の料理人がぽつり、と言った。

「連絡は取らなかったかもしれません」

先ほど、ウェイターがこの男をシェフと呼んでいた。ぼくは彼に反論した。

「連絡を取らなかったら、彼女が寺坂の出所を知るはずはない。決まっていた刑期よりも早かった。まわりの人間もみんな、彼女と寺坂がもう会わないことを望んでいた。教えるような人間はいない」

「だれも教えなかった。でも、彼女は気づいたのかもしれない」

そう言われて気づく。もしかして、彼は家にきたとき、なにかメッセージを残していったのか。それにしたって、連絡を取ったのと同じことだ。

「その男性も、もう彼女とは会わないつもりだったのだと思います。それでも、彼女は気づいてしまった」

「なぜ?」

シェフはこちらを見た。

「ご存じですか? 氷にもきちんと味があるんですよ」

「え?」

「氷は無味無臭じゃない。きちんと味があるんです」

「それはどういう……」

「その前にひとつ教えてください。あなたの冷蔵庫は小型のものですね」

急に話が変わってぽかんとする。だが、彼の言うことに間違いはない。うちにあるのはひとり暮らしのときから使っていた、やけに小さい冷蔵庫だった。もし、杏子と結婚することになれば、そのときに買い換えようと思っていた。

ぼくは頷いた。そして尋ねる。

「無味無臭じゃないってどういうことですか? もちろんシロップやなにかをかけれ

ば味がつくのはわかるけど……」

「そうじゃなくて、氷自体に味があるんですよ」

シェフはそう言って、目を細めた。

「あなたは、その男の持ってきた氷が透明だと言っていた。透明な氷を作るのは案外難しいんです。普通の製氷皿で作った氷は白く濁っていますよね」

たしかにそうだ。では、あの氷は普通の氷ではなかったのだろうか。

「透明な氷を作るのには、時間をかけて凍らせる必要があります。たとえば、発泡スチロールの容器に入れたり、タオルで包んだりして、温度を遮断してゆっくりゆっくり凍らせる。時間をかければかけるほど、透明で美しい氷ができる。そして、その氷は普通の氷よりもずっとおいしいんです」

ぼくは、ぽかんと口を開けて彼の顔を見た。

「かき氷が好きだったという彼女はそれを知っていたと思います。だが、あなたの家の冷蔵庫は小さいから、そんなふうに場所を取るやり方で氷を作ることはできない。妥協して普通に凍らせていた。だが、彼が持ってきた氷は、そうやって作ったものだった。それを食べて、彼女は気づいたんです。彼が出所して、この部屋にやってきたということに」

「じゃあ、寺坂は、そうやって作った氷をわざわざ持ってきて……」

「わざわざではなかったのかもしれない。彼の言うとおり、冷凍庫で見つけた容器をそのまま持ってきただけかもしれない。普通の家庭の冷凍庫なら、開閉のときの温度変化で氷の状態も微妙に変わります。だが、彼の部屋の冷凍庫を開ける人はだれもいなかった。三年半、完璧な状態で保存されたまま、氷は彼女のもとに運ばれたんです」

空になったカップを見つめながら、ぼくは彼の話を聞いていた。

三年半保存された氷。それを口にした瞬間、彼女の中に、三年半凍らせてきた寺坂への思いが蘇《よみがえ》ったのだろうか。だから、彼のもとへと戻った。

ぼくは、カウンターに肘をついた。低く笑った。

「結局、ぼくは少しも彼女のことなんて理解していなかったんだな」

「いえ、そんなことはありませんよ。あなたは彼女を救ったんだ。どうしようもない失望と孤独から」

ぼくは目を閉じた。

事件の後、彼女の手首に浮かんでいた赤い傷跡を思い出す。一昨日《おととい》の彼女にあったのは、古く乾いた傷跡だけだった。それこそが、ぼくのいた意味だったのだろうか。

瞼《まぶた》の裏に彼女の顔が浮かぶ。同時に思い出した。

ぼくが望んだのは彼女を手に入れることではない。ほかでもない彼女の幸せだったということを。

さようなら、ぼくの氷姫。

天空の泉

Fontaine-sur-ciel

その日、たぶんわたしは砂漠の中で泉を見つけたのだと思う。

†

後になってよく考えてみれば、そのときのわたしは途方に暮れていた。

その年のヨーロッパは信じられないほど暑く、死者まで出たのに、わたしの住んでいる古いアパルトマンには冷房が付いていなかった。身体は原因不明の発疹《ほっしん》に覆われた。なにより、異国でたったひとりになったのははじめてで、そのこと自体に押しつぶされてしまいそうだった。

それでも、わたしは自分が途方に暮れているということに気づいていなかった。それとも単に認めたくなかったのだろうか。案外自分のことというのはよくわからないものだ。

そのころのわたしは怒っているつもりだった。

軟弱な自分の身体と、吝嗇《けち》な大家と、そしてなにより、わたしにひどい仕打ちをした恋人に。怒る権利があるのだと、なんの疑いもなく思っていて、その鬱憤《うっぷん》を晴らすように遊び歩いた。

夜遅くまでワインを飲んで、お腹がはち切れるほど食べた。その結果、いっそう発疹はひどくなったけど、そんなことはどうだっていいと思っていた。今思えば、自分の愚かさに笑いたくなるけど、なぜかそのときは自分を痛めつけたい気分だった。

自分を痛めつければ、それが恋人に対する意趣返しになるのだと思っていた。

あの人は、本当はわたしのことなんて、少しも好きじゃなかったのかもしれない。それはただ、咲いていた花を摘み取るような戯《たわむ》れで、そこには愛情らしい愛情なんて、なんにもなかったのかもしれない。

そんなふうにすら、思っていた。

その人と出会うまで、一目惚れなんてことがあるなんて、信じていなかった。容姿に惹かれるのではなく、出会った瞬間に魂同士が惹かれ合い、離れられなくなるなんて、ただのお伽噺《ときばなし》だとしか思えなかった。

なのに、それは唐突にやってきた。

出会ってしばらくは、蜜にまみれる蜜蜂のようだった。一日に何度もキスをして、耳元で愛を囁かれた。一緒にいる時間はすべてベッドで過ごした。すべてが運命だと思った。

だが、そんな時間は長くは続かない。

壊れてしまえば、幸福だった日々の記憶すら、心を苛《さいな》む。まるで、どんなにきれいなガラス細工でも割れてしまえばただの刃物になるように。

†

コルド・シュル・シエル。直訳すれば「空の上のコルド」。その美しい名を持つ町にわたしがやってきたのは、夏の終わりだった。

バカンスは終わりに近づき、南仏に漂っていた祭の空気も、少しずつ色褪《いろあ》せてくる季節。だが、この季節がわたしは嫌いではない。バカンス真っ最中の浮ついた空気には、どこかついていけなかった。結局のところ、わたしは休むことの下手な日本人で、何年かヨーロッパで過ごしたからといって、変わることなどできないのだ。

ここにきたのは、素敵なレストランがあるという話を思い出したからだ。遊び歩くにしろ、いいかげん、パリの物価の高さにはうんざりしていた。もちろん、南仏でもコート・ダジュールやビアリッツなどは、ホテルもレストランも高級なところばかりだろうけど、この小さな町ならばそんなことはない。

車を飛ばして南下した。日本にいたときは、こんな長距離を車で移動するなんて考えられなかったけど、道幅の広いヨーロッパでは運転はさほど難しくはない。ときどき、まっすぐすぎて眠たくなってしまうのが玉に瑕だけど。

コルド・シュル・シエルの町は、その名のとおり小高い丘の上にあった。白い壁の建物がぎっしりとひしめくように丘に張り付いている。ぽっかりとこの町だけが宙に浮かんでいるように見えた。

――〈シェ・アルチュール〉っていうレストラン、本当に安くておいしいんだから。ヒサコに絶対に食べさせたいのよ。

薦めてくれたカミーユのことばを思い出す。

――特にトリュフのオムレツが絶品なの。

そう聞いて、わたしは一瞬失望した顔になったのだろう。彼女は不思議そうな顔になった。

――オムレツ、嫌いなの？

――嫌いじゃないけど……日本ではオムレツは朝食に食べるものだから、メインだとなんか侘《わび》しい気がする。

フランス人はオムレツをメインディッシュとして食べる。それは知っていたけど、やはり朝の食べ物という先入観があり、レストランで頼む気にはなれない。

——でも、トリュフがたっぷり入っているのよ。日本人は朝からトリュフを食べるの？

——食べないわよ。トリュフなんて高級レストランじゃないと出てこないもの。

——でしょう。はっきり言うけど、トリュフにいちばん合うのは卵よ。それも変に凝った料理じゃなくて、オムレツかスクランブルエッグが最高よ。一度食べてみたら、絶対わたしの意見に同意するわよ。

カミーユはそう力説したけど、そのときのわたしはそれを聞き流してしまった。なのに、今ごろになってわたしはそのオムレツを食べるために、何百キロも車を走らせてきたのだ。

コルド・シュル・シエルはトリュフの名産地、ペリゴールの近くにある。このあたりはフォアグラも有名だから、たとえトリュフオムレツが期待はずれでも、ほかにおいしいものに出会えるだろう。

車を町外れの駐車場に停めて、わたしは歩いて町に入った。宿を探して荷物を置き、レストランに向かったときには、すっかり日も暮れてちょうどいい時間になっていた。坂道を歩きながら、急に不安になる。予約をしていなかったが大丈夫だろうか。ホテルからでも電話を入れたほうがよかったかもしれないが、ここまできたら直接行ったほうが早い。

〈シェ・アルチュール〉は奥まった路地にあった。気づかずに、何度か前を素通りし、やっと見つけた。看板の文字がかすれていて、読めなかった。

ドアを押して中に入った。窓のない薄暗い店だった。昔はワイン貯蔵庫かなにかだったのかもしれない。

出てきたギャルソンに言う。

「すみません。予約してないんですけど……」

「いいですよ。ふたり？」

そう尋ねられて、わたしはあわてて人差し指を一本出した。ひとり、という合図のつもりだった。

「ふたりね。奥へどうぞ」

違います、ひとりです、と言おうとしたのに、彼は鼻歌を歌いながら奥に入ってしまった。

そのときになって、はじめてわたしは自分の後ろに人が立っていることに気づいた。二十代半ばだろうか。うっすらと生えた無精髭、長い髪を後ろでひとつにまとめて、借り物のようなぶかぶかのジャケットを着ていた。

驚いたのは彼が日本人だったからだ。同時に納得する。東洋人の男女が連れ立って入ってきたのだ。まさかギャルソンも別々の客だとは思わないだろう。

彼はまだ状況が呑み込めていないようで、ぽかんとした顔をしている。

わたしは彼に尋ねた。

「日本の方ですよね」

「あ、はい」

「わたしたち、連れと間違われたみたい」

間違いを訂正するのは簡単だ。二年もこちらにいるから、その程度のフランス語は使える。だが、わたしはこの偶然に感謝したい気持ちになっていた。

「連れの方がいらっしゃるんですか？」

そう尋ねると、彼は首を横に振った。

「いえ、ひとりです」

わたしは思いきって言った。

「なら、なにかの縁ですし、よかったらご一緒しませんか?」

「いいんですか?」

彼は少し驚いたようだったが、それでも不快そうではなかった。

この国では、ひとりでレストランに入る人間は少ない。奇異な目で見られることも多かったし、特に女性ひとりだと妙な男に声をかけられることもある。連れがいてくれれば助かる。

この国では食事は会話と一緒に楽しむものだから、料理が出てくるのにも時間がかかる。ひとりでは退屈で仕方がない。彼だってそれは同じだろう。

それだけではなく、日本語での会話にも飢えていた。わたしはもともとあまり日本人コミュニティには出入りしていない。しばらく帰国もしていないから、喉が日本語を喋りたがっている。

わたしたちはカップルのふりをして、席についた。

彼は、三舟忍《しのぶ》と名乗った。

「フランスには旅行で?」

「いいえ、ペリゴールのレストランで働いています。今日は休みで」

「あら、キュイジニエ?」

「まだ見習いですけどね」

フランス料理の修業のため、日本からきているのだろう。

「江畑《えばた》さんも、フランスは長いんですか？」

「そうでもないわ。でもこっちにきて二年かな」

「住んでいるのはこのあたり？」

「ううん、パリからきたの」

虹色のバングルを弄びながら、わたしは答えた。彼は感じのいい人だった。特に話を盛り上げようとするでもなく、笑顔を見せるわけでもないけど、それでも重苦しい沈黙に支配されることはない。

「知ってる？　ここ、トリュフオムレツが絶品らしいのよ」

黒板に書かれたメニューを検分しながら、わたしはそう言った。

「知ってますよ。最高です。もう何度も食べました」

わたしはくすくすと笑った。

「じゃあ、極意《ごくい》を盗みにきたの？」

「盗めるものなら盗みたいんですけどね。なかなか難しい」

わたしは最低限の料理しかしない人間だからわからないけど、結局のところ、いちばん難しい料理はただのオムレツだという話はよく聞く。

前菜は、フォアグラのパテを選ぶ。彼も同じものを頼んだ。

「江畑さんは、写真家ですか?」

わたしは頷いた。これを言い当てるのはさほど難しくはない。空いている椅子に載せてあるアルミニウムケースのせいだろう。レンズはそんなに持ってきていないから、ごく小さなものだが、やはりカメラが手元にないと落ち着かない。身体の一部を置き忘れてきたような気がする。

「この店は取材ですか?」

「ううん、プライベート。車でフランス中を旅しているの」

「レンタカーですか?」

「ううん、自分の車よ。ボロボロの中古ルノーだけど」

心でつけ加える。言うなれば、傷心旅行といったところ、と。物欲しそうに見えないように、口には出さない。

フォアグラが運ばれてきた。壺のような容器にたっぷり入ったパテ、トーストされたパンが籠に山盛りになって出てきた。日本人ならこれだけでお腹いっぱいになりそうだ。

ナイフですくって、トーストに塗る。ピンク色の脂肪がトーストの熱でとろけた。口に運ぶと甘い。堕落の味だ、と思う。

無理矢理太らせた鵞鳥《がちょう》の肝は不自然で退廃的な味だ。健康的な食べ物を好む人なら眉をひそめるだろうけど、だからこそ甘美なのだ。

「三舟さんはペリゴールは長いの？」

「半年ほどです。その前はリヨンにいました」

「渡り歩いているのね」

「そうです。あと一年ほどこちらにいたら、次はバイヨンヌにでも行こうかと」

「包丁一本さらしに巻いて？」

わたしのことばに、彼は口をほころばせた。

「ひさしぶりに聞きましたね。そんなフレーズ」

わたしはこちらにきて、ずっと一か所に留まっていた。同じ町、同じ店、そして同じ顔を毎日見て過ごした。彼の軽やかさがうらやましかった。

ふいに、この人に話を聞いてもらいたいと思った。ひさしぶりの日本語での会話が、わたしの心を緩ませたのかもしれない。

それにわたしはたぶん、二、三日でこの地方を離れる。もう彼と会うことはない。

フォアグラを食べ終えると、わたしはテーブルに肘をついた。

「軽く聞き流してほしいんだけど」

「なんですか？」

「恋人が家を出ていったの」

彼の眉がかすかに動いた。だが、想像していたほど驚いた様子はない。風貌や洋服はスマートとはいいがたいけど、ふるまいはあくまでもスマートだ。

「それでやさぐれて、あっちこっち旅しているってわけ」

「どこにいるかはわからないんですか？」

「さあ、探してもいないし」

「もう別れるつもりですか？」

「まだわからないわ」

そう、わたしはどうしていいのかまだわからないのだ。だから答えを先延ばしにするために、こんなところまできてしまった。トリュフオムレツなんて、単なる口実だ。

「なんにも言わずに出ていってしまったの。だからどうしたらいいのか、全然わからない」

メインの前に運ばれてきた全粒粉のパン――パン・コンプレを手にとって、わたしはつぶやいた。

「バターがついてないわ」

「頼みましょうか」

わたしは頭《かぶり》を振った。

「ううん、やっぱりやめておく。今日はフォアグラも食べてしまったからカロリーオーバーだし」

小ぶりなパンは濃い味がして、バターをつけなくても充分においしかった。

「心当たりは探しましたか?」

「探してない。きっとあの人もそんなことは望んでないだろうし」

急に泣きたくなる。だが、数秒数えただけでその衝動は引いていった。少しずつ、わたしは恋人の不在に慣れている。

「そうとは限らないでしょう。探してほしくて姿を消す人はいますよ。なにか書き置きでもあったんですか?」

わたしはアルミのカメラケースを引き寄せて、中から一冊の本を出した。

「これが置いてあったの」

――*Le Petit Prince*

日本語訳なら「星の王子さま」。アントワーヌ・ド・サン＝テグジュペリが書いた、世界でいちばん売れている物語。

彼はそのペイパーバックを手にとって、しばらく考え込んだ。

「読みましたか?」

「子供の頃に日本語訳でね。でも、あんまりよくわからなかった。もっと可愛い話だと思ったのに、なんだか暗い話だったということくらい」

「サン＝テグジュペリが晩年に書いた本ですからね。童話のような形を取っているけど、この物語に込められたメッセージは子供には難しいかもしれない」

わたしは彼の手から本を受け取った。

「読もうと思ったけど、まだ最初のほうだけ。王子さまが出てきたところまでしか、まだ読めてないの。三舟さんはこの話、よく知ってる?」

「ええ、普通程度には。内容を知っていて、フランス語としても平易だから、勉強のために読みましたよ」

「じゃあ、この本になにかメッセージが込められていると思う?」

彼は無精髭をぞろりと撫でた。見かけはキュイジニエというより、野武士のようだ。

「恋人との別れのようなものは、この物語にもあります。王子の星には、薔薇の花が一輪あるんです。王子は懸命にその薔薇の世話をするけれども、薔薇の気まぐれに疲れ果てて、それで自分の星を捨て、地球にやってくるのです」

「薔薇の花?」

「そう。美しいけど、気まぐれで、見栄っ張りで、嘘つきで、わがままな薔薇です。それに王子は耐えられなかった」

「辛辣ね」

「あなたのことを言っているのではありませんよ」

ふわり、と鼻先をあの匂いがかすめた。一度嗅いだら忘れられない、本物のトリュフの香りだ。

木の葉型に整えられたオムレツが運ばれてくる。そっとナイフを入れると、薄い皮が破れてとろりと中身がこぼれ出る。いっそう濃いトリュフの香りがあたりに漂った。フォークに載せて口に運ぶ。卵の濃い味とトリュフの芳醇な香りが鼻に抜けた。なんと形容していいのだろう。シンプルなだけに、まさに完璧とも言えるバランスだった。

卵との取り合わせがトリュフの魅力をより深く引き出している。肉にあしらわれたトリュフは食べたことがあるけど、それとはまた別物だ。

「おいしい……」

「でしょう」

トリュフ以外はなんにも入っていないただのオムレツ。それなのに、なぜこんなにおいしいのだろう。

「作り方教えてくれないの？」

三舟さんはくすりと笑った。

「一度目にきて、感動して頼んだら、簡単に厨房に入れてくれて、すぐに教えてくれましたよ。卵を割って、そこに刻んだトリュフを入れ、三時間ほど置いてから焼くだけです」

「え、でも、さっき盗めるものなら盗みたいって」

「ええ、見せてもらって、実際に口にして、それ以外の秘密などなんにもないのがわかっているのに、それでも何度作ってもこの味にはならないんです。この店のシェフのアルチュールさんは、もう三十年以上も繰り返し、このトリュフオムレツを作っている。だからこそ、出せる味なんですよ」

「……不思議ね」

「特に卵という食材のせいでもあるでしょうね。火加減によって、舌ざわりも味もまるで変わってしまう。シンプルなように見えても、とても難しい」

たしかに生でもなく、火が通りすぎているわけでもない。とろりとしたクリームのような舌ざわりは、素人では決して出せないものだ。

「秘密があって真似ができないのなら、まだあきらめがつくけど、全部教えてもらったのに再現できないのは、とても悔しいですよ。自信喪失します」

「料理って奥が深いのね」

思わずそうつぶやいたわたしに、彼は笑いかけた。

「写真だってそうでしょう」

たしかにそうだ。同じ機材を使い、同じモデルを撮影しても、空気感がまるで違うものになる。まるで目に見えぬなにかが存在するように。

「『星の王子さま』でいちばん有名な台詞《せりふ》を知っていますか？」

彼の質問にわたしは首を傾げた。

「聞いたらわかるかもしれないわ」

「『本当に大切なことは、目には見えない』と言うんですよ。砂漠が美しいのはどこかに井戸を隠しているからで、星が美しいのは、その星のどこかに薔薇の花が一輪あるからだと。だから、このオムレツのおいしさの秘訣も、目で見るだけでは決してわからない」

フランスのレストランにしては小ぶりなオムレツは、あっという間に皿から消えた。喉の奥にトリュフの香りだけを残して。

わたしは名残惜《なごり》しくて、フォークで皿を撫でた。

「それに反論するつもりはないわ。本当に大切なことは目には見えないのだと、わたしも思う。でも、見えないものをどうやって知ることができるのかしら」

「さあ、それは難しいですね。でも、その一文を心に秘めていれば、見えるものもあるかもしれない。そんな気がしますよ」

「砂漠が井戸を隠しているように？」

そう尋ね返すと、彼は少しだけ口元をほころばせた。

†

デセールのチョコレートムースも絶品だった。そういえば、今日は舌の上でとろけるものばかりを食べて、あまり歯を動かしていない。もともと、フランス人の美味の基準が、そういうものにあるのかもしれないけど。

そう言うと、彼は頷いた。

「パスタなんかもやけに柔らかく茹でますよね。こっちは」

「そうね。あれは閉口する。給食のソフト麺《めん》みたいだわ」

どうやら、彼はソフト麺を知らなかったようだ。わたしはどういうものかを説明し、彼は興味深そうにそれを聞いていた。

そういえば、こんな話をするのもひさしぶりだ。

「こっちの給食は日本とまったく違うものね。セルフで好きなものだけ食べていいらしいわよ」

「コースで、四十五分くらいかけて食べる場合もあるらしいですよ」

四十五分といったら、日本での昼休みと同じくらいだが、わたしたちは給食を食べた上に、校庭で遊んだりもしていた。

エスプレッソが運ばれてくると、わたしは話を元に戻した。

「さっきの話だけど……つまり三舟さんは、わたしの恋人はわたしのわがままに腹を立てて出ていったと思う？」

「さあ、おれにはわかりません。江畑さんともさっき会ったばかりだし。ただ、星の王子さまに出てくる恋人の別れといったら、薔薇と王子だと思っただけです」

「その薔薇だけど、彼女には彼女なりの言い分があったかもしれない」

「たとえば？」

「王子は実はすごく鈍感で、薔薇の本当に伝えたいことに気づかなかったのかもしれない。デリカシーがなくて、気づかないうちに薔薇を傷つけることを言っていたのかもしれない」

「それは大いにありえる話だ。この本では、王子のことばでしか、薔薇のことは語られていない」

彼はクマツヅラのハーブティーを飲みながらそんなことを言った。

「この物語の薔薇は、サン＝テグジュペリの妻、コンスエロのことだと一般には言われているようですね」

「そうなの？」

「ええ、美しく、わがままで気の強い女性だったそうです。まさに物語に描かれている薔薇のような」

「彼は、コンスエロに困らされたのかしら」

三舟さんは少し困ったような顔をした。たしかに愚問だった。彼にそんなことがわかるはずはない。研究者にだって、本当のことはわかるはずもないのだ。

「それでも、彼は最後までコンスエロを愛し続けた。別居をしても、また呼び戻し、母親への手紙でも彼女を気遣うようなことを書いていたそうです」

彼はもう一度本に手を伸ばした。

「あなたの恋人が、この本をメッセージとして残したのなら、その人はまだあなたのことを愛しているはずです。王子は最後は薔薇のもとへ戻ろうとするのだから」

「でも、戻ったかどうかはわからない」

「それでも王子は自分が間違っていたことに気づく。薔薇を本当に愛するということがわかっていなかったのだと」

彼は少し躊躇するような表情を浮かべてから、口を開いた。

「だから、あなたも、あなたの薔薇のところへ戻ったほうがいいのではないですか?」

†

一瞬、息が止まるかと思った。心臓の音が聞こえそうな気がして、わたしはあわてて目をそらした。

どうしてわかったのだろう。いつ、わたしの嘘に気づいたのだろう。

激しく脈打つ心臓を抑えながら、わたしは微笑んだ。

「言ったでしょう。この本を置いて出ていったのは、あの人のほうよ。どうしてわたしが戻るという話になるの？」

「そうでしたっけ。すみません。勘違いしていました」

彼はさらりとそう答えた。それ以上、わたしを問い詰めようとする様子はない。だが、そうなるとよけいに気になってくる。

本当に単なる勘違いなのか、それともわたしが口をすべらせたのか。思い返してみても、よくわからない。

このレストランを出てしまえば、きっと彼とはもう会えないだろう。疑問はずっとわたしの胸にひっかかったままになる。

好奇心に耐えかねて、わたしは口を開いた。

「もしかして、わたし、口をすべらせた？」

彼は、ハーブティーのカップをソーサーに置いた。

「そうですね。あなたはなるべく嘘をつかないようにしながら嘘をつく人で、それが少し気になりました」

責めるわけでもなく、少しおもしろがっているような口調だった。

「最初に『あれ？』と思ったのは、指です」

彼は人差し指を一本立てた。

「あなたは、この店に入ってきたとき、ひとり、というつもりで人差し指を出した。そのときに、この人は旅行者だな、と思いました」

「どうして？」

「フランスで数を指で表すときはこうですよ。一が親指、二が親指と人差し指、三はそれプラス中指」

知らなかった。言われたとおりやってみる。

「四がやりにくいわ」

「慣れですよ」

思い出す。そういえば、ギャルソンはわたしの人差し指を見て、「ふたり」だと判断した。

「だが、あなたは旅行者ではないと言った。フランス語も堪能だし、まるでフランスに住んでいるようなことも言っていた」

「はっきりと言ったわけじゃない」

「そうですね。あなたはパリからきた、と言った。パリに住んでいるのかと思ったけど、もし、ここにくる前にパリに寄っていたら『パリからきた』ことに嘘はない。おれが、『フランスは長いのですか』と聞いたときも、それに対しては『そうでもない』

と答えて、その後に『こっちにきて二年かな』と言った。『こっち』がフランスではなく、フランスを含めた海外全体を差していれば、別の国にいても嘘はついていない」

たしかに嘘をつくのはあまり好きではないから、なるべく嘘はつかないようにした。

まさかこんなに簡単に見破られてしまうとは。

「それと、あなたはパンにバターがついていない、と言っていた。フランスでは、朝以外、パンにはバターを塗らない。言えばくれるけど、普通はついていないことのほうが多い」

彼は悪戯っぽく笑った。

「そうなると、あなたがだいたいどこの国からきたのかはわかる。フランス語圏で、一を数えるとき人差し指を出し、パンには夜でもバターを塗る国。ベルギーかスイスでしょう」

わたしは肩をすくめた。こんな簡単なことで嘘が見破られたことが、気恥ずかしかった。

「チュニジアやケベックかもしれないわよ」

「モーリシャス島かもしれませんね。おれが知らないだけで、一は人差し指かもしれない。でも、チュニジアやケベックからマイカーでくるのは難しいでしょう」

降参だ。わたしはためいきをついて答えた。

「ベルギー。ブリュッセルよ」

ブリュッセルからパリまで車なら二時間もあれば到着する。こんな近くで、文化の違いが確実に存在しているとは気づかなかった。

「なぜ、こんな嘘をつくのだろう。この人は本当の自分を隠して、なにかを装いたいのかもしれない、と思いました。そう思っているうちに、もうひとつの嘘に気づいた」

「なあに」

「あなたは『星の王子さま』を子供の頃に読んで忘れている、と言った。なのに、薔薇のことをなんの躊躇もなく『彼女』と呼びました。不思議ですよね。いくら、物語の中でことばを喋っていても薔薇を彼女とは普通呼ばない。でも本を読んでいれば不思議ではない。物語の中では一貫して"Elle"彼女と呼ばれているからです。もちろん、花、薔薇が女性名詞だからでもあるけど、それだけではない。薔薇は人のように描かれている」

わたしは小さくためいきをついた。

「子供の頃に読んだ印象が残っていたのかもしれない」

「それでも、広く読まれている日本語訳では、『彼女』という表記はされず、"Elle"

は『薔薇』と訳されている。薔薇を、彼女と呼ぶのは、最近原著でこの本を読んだ人だと思った」

小さなカップのエスプレッソはすでに冷めていた。わたしは角砂糖をかりりと囓《かじ》った。

「なぜ、こんな嘘をつくのだろう。そう思ったときに気づきました。この人こそが、この本を置いて出ていったほうで、恋人がちゃんと自分のメッセージを読み解いてくれるか不安だったとしたら。見知らぬ人間が、同じ結論に達するかどうか、確認したかったのではないかと」

†

——カミーユ。

ふいに彼女の匂いや、皮膚の感触が鮮明に蘇る。

冷たいブルネットの髪や、柔らかく押し戻してくる乳房、そしてめまぐるしく変わる表情。

出会ってたった一瞬で、わたしは彼女に夢中になってしまった。彼女もそうだと言ってくれた。身体だけではなく心も、互いと甘く溶け合った。こんな幸福があるなんて知らなかった。

なのに、いつからだろう。幸福よりも苦痛のほうが大きくなってしまったのは。寝顔を見つめるだけで泣きたくなるほど好きなのに、一緒にいることが辛くなってしまったのは。

彼女は、ほかの女性だけではなく、男性とも親しげにふるまい、外出し、ときには肌を合わせたことをほのめかすこともあった。まるで、わたしの心を逆なですることを楽しむように。

そして、わずかでもわたしがそれを責めようとすると、感情を爆発させた。わたしのほうが悪いかのように、こちらの小さな落ち度を責め立てるのだ。

まるで砂漠だった。どんなに愛しても、それは砂に吸い込まれる水と一緒だった。地面を潤《うるお》すことができても、それは一瞬だけ。すぐに荒涼たる風景に変わる。

王子は星を出た理由を、小さい蛇に話す。

——J'ai des difficultés avec une fleur.

ある花とややこしいことになっちゃってね。

そう、わたしが住み慣れたブリュッセルを飛び出したのも、王子と同じだった。もうそこにいることに耐えられなかった。

カミーユを愛しているからこそ、逃げ出すしかなかったのだ。

†

店を出ると、裂け目のような細い月が出ていた。

「これからペリゴールまで帰るの？」

三舟さんはジャケットのポケットに手を突っ込んだまま頷いた。

「明日はまた仕事ですから」

立ち上がるとこの人はひどく猫背だった。そのせいでヒールを履いたわたしと、視線の高さが同じくらいになる。

「江畑さんはどうしますか？」

「もうしばらくこのあたりを見てまわるつもり、ペリゴールにも行こうかしら」

「よかったらうちのレストランにもきてください。トリュフオムレツはありませんが、豚肉の煮込みは最高ですよ」

彼は店のカードを差し出した。

「そうね。行くけどもう少し後になるかも」

トリュフオムレツを教えてくれたカミーユに、わたしもおいしいものを教えてあげたい。

「帰るんですね」

「そうね。最初から決めてた」

あの本を置いていったのは、出ていった理由に気づいてほしかったからというだけではない。

結局わたしはカミーユのことを愛していて、たとえどんなに苦しくても、必ず彼女のところへ戻っていくのだ。

三舟さんは分かれ道で軽く手を上げて、坂を下りていった。

ホテルに戻ったわたしは、駐車場で見覚えのある車を見つけて、足を止めた。

その車はわたしの車の隣にあった。月明かりのように、うっすらと青みがかった白、ワイン色のシート、そしてナンバーはブリュッセル。

心臓が早鐘のように脈打ちはじめる。わたしはホテルのドアに手をかけて深呼吸をした。

きっと、サロンの暖炉の前、ブルネットの彼女が座っている。

ヴァン・ショーをあなたに

Vin chaud pour vous

可愛い子には旅をさせよ、ということばがある。

これは、ある意味正しくて、またある意味正しくはない。ぼくにいつか、息子か娘ができて旅をさせるとしても、行き先は熟考する。少なくとも、フランスは避けることにするつもりだ。

ただの通りすがりの観光客で終わるのなら問題はない。いささか感じの悪いフランス人と、意外に薄汚いパリの街に眉をひそめながら、数々のモニュメントや、クロワッサンやエクレアなどをそれなりに楽しみ、帰ってからは、こんなふうに言うのだ。

「フランス？　一度行ったけど、まあまあだったね」

だがこの国には、一見無愛想なのに、やけに床上手な女のようなところがあり、一度足を取られてしまうとずぶずぶと深みにはまってしまう。そうなるともういけない。

なんとなく帰りそびれてぶらぶらするうちに、いつの間にか、議論好きで個人主義のフランス人とうまくやれるようになっている。そうなると、今度は日本に帰ったとき、「鼻持ちならない奴」になってしまうのだ。

いや、本当に「鼻持ちならない奴」もいる。日本人を見下し、フランス在住経験があることを、どこか特別だと考える。こんな奴は、どこにいたってうまくやれないに決まっている。

だが、そんなふうに考えていなくても、フランス人とつき合うのに慣れてしまうと、日本に戻ったときに少し混乱する。

フランス人は共感を求めない。徹底的に互いの意見の違いについて議論することを楽しむ。だれかの会話を受けることばが、mais…（しかし……）であることも多い。

羊のようににこにこ頷いているだけでは、愚鈍な人間だと思われてしまうのだ。必要がなければ議論を避ける日本人と根本的に違う。

しかし、日本に帰ってからそれをやると、感じの悪い人間ととられてしまう。うまくいく人間関係もうまくいかない。

フランスで育った帰国子女が、日本の学校に転入して苦労するという話はよく聞く。

だから、ぼくにもし息子か娘ができたら、自分からフランスには絶対に連れていかない。

だが、もし彼らが絶対にフランスを旅してみたいと言い張ったら、止めることもできないと思う。

ぼく自身が、この国に魅せられて、翻弄《ほんろう》されてしまったのだから。

†

その冬、ぼくは二十三歳で、ストラスブールという町のユースホステルにいた。

日本を出たときは、ヨーロッパの中でも物価の安い——その頃はまだユーロは導入されてなかった——スペインをしばらく放浪するつもりだったが、バルセロナ・オリンピックが終わった後、スペインの治安は急激に悪化した。それもターゲットは外国人に絞られる。ユースで出会う日本人の、実に三分の一近くが貴重品を掏《す》られたり、金を脅し取られたりしているという状況で、ぼくは這々《ほうほう》の体で、スペインを逃げ出し、フランスに入った。

そんないきさつで旅することになったフランスだが、肌に合っていたのだろう。あっという間に、ぼくはこの国の魅力に取り憑《つ》かれた。

スペインではありえないような無関心と、そっけなさ——田舎ですらそうなのだ。だが、決して根性がねじ曲がっているというわけではなく、こちらをきちんと尊重してくれる。すべてが自己責任という国だから、それに慣れればひどく自由な気がした。物価はスペインよりは高かったが、それでもユースホステルや安宿はある。大都会パリは最後の楽しみにとっておいて、ぼくはフランスの田舎町を訪ね歩いた。

ストラスブールは、ドイツ国境に近いアルザスの首府で、何度も、フランスになったり、ドイツになったりした街だ。「最後の授業」という話をご存じの方も多いだろう。

ちょうど十二月だった。フランス入りしたのが夏だったから、半年近くこの国にいたことになる。

だが、日に日に厳しくなる寒さのせいで、ぼくは痛めつけられていた。いくら好きでやっているとはいえ、安宿のドミトリーでは疲労もストレスもたまっていく。食費を浮かすためにパンばかり食べていたのも悪かったのだろう。

とうとう、ストラスブールのユースで、ぼくは寝込んでしまった。

スプリングの利かなくなった狭いベッドで、毛布にくるまってガタガタと震えていた。眠っても、見るのは日本の夢ばかりだ。畳に敷かれた分厚い布団、味噌汁とぬか漬け、炊きたての白い飯、熱く肩までつかることのできる風呂。

帰りたい、と、心から思った。熱が下がれば、すぐに飛行機を取って日本に帰ろう。

パリもほかの国もどうだっていい。二度とこれなくたってかまうものか。

ドミトリーのベッドでうんうん唸《うな》っていると、ドアが開いて、ルウルウが顔を出した。

「サダール、具合悪いの？」

フランス語が得意ではないぼくのために、英語で訊いてくれる。

ルウルウは、このユースのスタッフだ。飛び抜けて美人というわけではないが、きれいな金髪の女の子だ。小柄で細く、化粧っけがないせいで、日本人から見ても威圧感がなく、正直少しいいなと思っていた。

ぼくの名前は貞晴《さだはる》だが、フランスではHを発音しないため、何度訂正してもルウルウは「サダール」と呼ぶ。最近ではその発音もどこか色っぽく感じられる。

「なにか食べる？　出かけられないのならなにか買ってこようか？」

「……いらない」

せっかく、ルウルウが親切にしてくれているのに、こんなに感じが悪くては嫌われてしまうと思ったが、本当になにも食べられないし、愛想よくする元気もないのだ。返事をするので精一杯だ。

それでも、ルウルウはカラフ一杯の水とグラスを持ってきてくれた。なんとか、メルシ、と礼を言う。

水を飲んで、またベッドにもぐり込む。毛布をかけても寒くてじっとしていられないから、セーターとコートまで着てベッドに入った。体温計がないから確かめられないが、熱はかなり高い気がした。

水を飲んで、着込んだせいか、心地よい眠けが忍び寄ってくる。今度は少し深く眠れそうだ、と思ったときだった。

派手な音を立てて、ドアが開いた。

「おい、ここ、ベッド空いてただろ」

大きいリュックを引きずりながら入ってきたのは、日本人だった。たしか、昨日からこのユースにやってきた、三舟という男だ。

乱暴に荷物を、二段ベッドの上に置く。ぼくは低く呻いた。眠けはあっという間にどこかに消えてしまった。

たしか、三舟は別のドミトリーに泊まっていたはずだ。

「なんで、移ってくるんだよ……」

眠りを邪魔されたせいで、不機嫌にそう言うと三舟は顔をしかめた。

「あの部屋、ヘビースモーカーがいるんだよ」

「部屋は禁煙だろ。文句言えばいいじゃないか」

「吸わなくても全身から匂うんだよ。鼻がデリケートなもんで、煙草吸う奴と同室はちょっとな。かといって、シングルは空いてねえし」

デリケートな奴が、大声をあげながらどかどか入ってくるものか。ぼくは、背中を向けた。

やっと、ぼくの様子がおかしいことに気づいたのか、三舟は声のトーンを下げた。

「どうした。具合でも悪いのか」

「悪い」

精一杯不機嫌な声で答える。

「なんか食いたいものあったら作ってやるぞ」

このユースには共同の小さなキッチンがついていた。だからといってなんでも作れるわけでもあるまい。

「インスタントの味噌汁でも持ってたら、分けてくれないか?」

自分が日本から持ってきたものは、全部食べ尽くしてしまった。インスタントスープならば、こっちのスーパーでも手に入るが、今は食べ慣れたものしか喉を通りそうにない。

三舟は無情にもこう答えた。

「インスタントなんか持ってねえよ」

「そうか……じゃあ、もういい」

ほかに食べたいものは思い浮かばない。だが、三舟はこんなことを言った。

「インスタントじゃない味噌汁なら作れるけど、どうする」

†

結局、それから十分足らずで、ぼくの目の前には湯気の立つ味噌汁が現れた。まるで魔法のようである。

容器こそ、ティーカップだがそんなことはたいした問題じゃない。あれほどなんにも欲しくなかったのが嘘のようだ。きゅっと閉じてしまったようだったぼくの喉は、味噌汁の匂いを大喜びで受け入れた。

しかも、こんなにうまい味噌汁なんて日本でも滅多に飲んだことがない。

それも当然だ。ぼくは料理をしないからインスタント味噌汁ばかりだったし、母親も当たり前のように出汁《だし》入り味噌だけで味噌汁を作っていた。

三舟がでかいリュックから取り出したのは、なんと鰹節《かつおぶし》、しかもパックではなく、一本そのままだ。小さなサイズの削り器でそれをシャカシャカ削る。その次にきっちり封をした味噌の袋、カットわかめを取り出して、共同のキッチンへと降りていった。

そして、ぼくの目の前に、わかめの味噌汁が置かれたというわけなのだ。

熱い味噌汁が喉をすべりおりていき、その熱が全身に広がっていく。それだけで寒気が癒されていく気がした。

いつの間にかルウルウも部屋をのぞき込んでいた。

「なあに、それ」

「味噌汁、知ってる？」

「名前だけはね」

「鍋にまだ残っているから飲む？」

三舟に言われて、ルウルウは頷いた。

「ええ、味見してみたい」

三舟はキッチンに降りて、もう一杯味噌汁を入れたカップを持ってきた。ルウルウは小鼻をうごめかせて匂いを嗅いだ。

「どう？」

「悪くないわね《パ・マル》」

せっかく飲ませてもらいながら、「悪くない」とはそっけない気がするが、フランス人はかなり気に入ったときも、この言い回しを使う。

「それだけの材料で、こんなおいしいスープができるの？」

「ああ、しかもこれが正式な作り方。フランスのスープとくらべたら、簡単なもんだろ」

ルウルウはあっという間に味噌汁を飲み干した。

「あなた日本料理のキュイジニエなの？」

「まさか。この程度ならキュイジニエでなくても作れるさ。専門は、むしろフレンチ」

それを聞いて少し驚いたが、よく考えれば珍しいことではない。フランスにいる日本人は料理関係、音楽関係、服飾関係がやはり多い。

もうフランスにきてから何年にもなるという。鰹節や味噌を持ち運んでいるのは、日本料理をリクエストされたときのためらしい。醤油ならこちらでも簡単に手に入る。

勤めていたビアリッツのレストランを辞めて、今度はアルザスのどこかで働こうと、ストラスブールにやってきたと三舟は言った。

「絶品のシュークルートとタルト・フランベでもマスターしようと思ってな」

味噌汁をもう一杯おかわりして飲み干すと、かなり身体は楽になっていた。コートとセーターを脱いで、もう一度ベッドにもぐり込むと、急激に眠けが押し寄せてくる。

ルウルウが、しーっと言うように唇に手を当てて出ていくのが見えた。

†

目が覚めるとまた懐かしい匂いが漂っていた。

シャツが汗でぐっしょりと濡れて、その分、身体は楽になっていた。着替えていると三舟が顔を出した。

「卵粥《たまごがゆ》作ったけど、食うか?」

もちろん即答だ。

「食う!」

三舟がスープ皿に入れて持ってきてくれた卵粥を、スプーンで口に運ぶ。インディカ米だから、日本で食べる粥よりもさらさらしているが、それでも今のぼくには充分すぎるご馳走だ。

ルウルウが水とビタミン剤を持ってくる。

「それ、なあに?」

「日本人が風邪を引いたとき食べるものだ。フランス人の口には、あまり合わないと思うけどね」

　三舟のことばに、ルウルウは納得したような顔になる。

「たしかにその匂い、ちょっと苦手」

　チーズやにんにく、羊など、匂いの強い食べ物を好んで食べるフランス人が、淡泊な粥の匂いを不快に感じるというのはなんだか不思議な気がするが、要するに自分の文化圏にない匂いには、抵抗があるということなのだろう。

「フランス人は、風邪を引いたときはどんなものを食べるの？」

　ルウルウにそう尋ねてみた。

「ヴァン・ショーね、いちばん最初は。消化にいいからとステーキを食べる人もいるけど」

　ヴァン・ショー、つまりホットワイン。たしかに身体は温まりそうだ。ステーキというのは、ちょっと日本人には想像できない世界だが。

　三舟は窓の外に目をやりながらつぶやいた。

「そういえば、そろそろヴァン・ショーの季節だな」

「冬だからか？」

　ぼくがそう尋ねると首を横に振る。

「それもあるけど、マルシェ・ド・ノエルの季節だからさ」

マルシェ・ド・ノエル。つまりはクリスマス・マーケット。なんの下調べもせず、夏にフランス入りしたぼくには、はじめて聞くことばだった。

「クリスマスの準備のためのマルシェよ。ストラスブールのは特に有名」

クリスマスの飾りや食べ物を売るために、街に市《いち》が立つらしい。日本で注連縄《しめなわ》などを売る市が立つようなものだろうか。

†

熱は翌日にはすっかり下がった。若いから回復力もあったのだろうが、三舟の味噌汁と卵粥も効いたのは確かだ。あれがなければ、熱が下がるまでなにも食べられなかったと思う。

数日後の夜、三舟とぼくが部屋でだらだらしていると、ルウルウがやってきた。

「マルシェ・ド・ノエルを見に行かない？　案内するわよ」

もちろん、ぼくは一も二もなく賛成した。三舟がついてこなければいいと少し思ったが、料理人だけにマルシェに興味があるのだろう。彼も同行すると言った。

冬だから日が落ちるのは早い。まだ五時前なのに真っ暗だ。夏は夜九時近くまで明るかったのだが。

いきなり華やかな電飾の明かりが目に飛び込んでくる。夜店を思い出させるような小さな屋台が連なっていた。ここがマルシェ・ド・ノエルらしい。

日本では見たことのない、いろんな種類のクリスマス・オーナメント。木でできた素朴なものから、華やかに色づけされた陶器、少し安っぽい布の人形まで、驚くほどの数が並んでいる。

食べ物を売る屋台もいくつもあった。三舟がいろいろ教えてくれる。

「あれは、パン・デピス。スパイスと蜂蜜の入ったケーキみたいなもんだな。それから、あれがアルザス名物のクグロフ」

美しい陶器のクグロフ型も売っていた。手のひらに載るような小さなものから、何人分かわからないほど大きいものまである。

キャンドルの店や、スノーボールの店。女の子ならきっと歓声をあげるだろう。

ルウルウは機嫌よく言った。

「ここのマルシェ・ド・ノエルにきたら、ミリアムおばあちゃんのヴァン・ショーを絶対に飲まなくちゃ」

「そんなにおいしいの？」

「もちろん！　ほかのヴァン・ショーの屋台は、絶対ミリアムおばあちゃんの近くには店を出さないのよ。香りだけで負けてしまうもの」

それは楽しみだ。ヴァン・ショーを売る屋台はいくつも通り過ぎたが、ルウルウが薦めるのを飲んでみたいので我慢する。

「おかしいな。いつも、人だかりがしているのですぐわかるんだけど……」

ルウルウは不審そうにそうつぶやいた。すぐに笑顔になる。

「あ、あそこにいた！」

見れば、小さなおばあさんがパラソルの下で大鍋をかきまわしている。たしかに、いい香りがした。

ルウルウが駆け寄った。

「おばあちゃん、ヴァン・ショー、三杯ね」

おばあさんは慣れた手つきで紙コップにヴァン・ショーを注いだ。それを受け取ったルウルウがなぜか、驚いた顔になった。それでもぼくと三舟に紙コップを渡す。

ぼくたちは、近くにあった階段に腰をおろして、ヴァン・ショーを飲むことにした。

ヴァン・ショーと言えば赤ワインだというイメージがあったが、ミリアムおばあちゃんのは白ワインでできていた。レーズンやオレンジの皮が入っているのがわかる。

シナモンやクローブや、ほかにもいろんなスパイスの香りもした。

喉を焼くほど熱く、そして甘い。アルコール分が歩いてきて冷えた身体に染み渡る。

「うまいな」

ぼくがそうつぶやくと、三舟も頷く。

だが、ふいにルウルウが怒ったように言った。

「本当はこんなもんじゃないのよ。もっともっとおいしかったの」

「去年までと違うの？」

ぼくが尋ねると、ルウルウは頷いた。

「だって、白ワインじゃなかったもの。アルザスでは白ワインのヴァン・ショーもあるけど、やはり普通は赤ワインで作るのよ。夢みたいないい香りがして……心の底まで温まるほどおいしいヴァン・ショーだった。これだって、まずくはないけど……普通だわ」

ルウルウは憤慨していた。紙コップを握りしめると立ち上がった。

「わたし、おばあちゃんに訊いてくる。どうしていつものヴァン・ショーじゃないのかって！」

階段を駆け下りて、彼女はまっすぐミリアムおばあちゃんの屋台へと向かった。なにか話をしている。

ぼくもあわてて、彼女を追いかけた。三舟ものっそりついてくる。

ミリアムおばあちゃんは、ルウルウと喋りながら、ぼくと三舟に目をやった。早口のフランス語だからなにを言っているのかわからない。

しばらく話をすると、ルウルウはがっくりと肩を落として、ぼくらのほうを見た。

「もう、赤ワインのヴァン・ショーは作らないんだって」

三舟はフランス語ができるから、ふたりの会話も理解できたのだろう。黙って頷く。そして、三舟はミリアムおばあちゃんに、なにかフランス語で尋ねた。おばあちゃんは、首を横に振った。

ルウルウは寂しそうな顔のまま歩きだした。

ぼくはあわてて彼女に尋ねた。

「どうして、もう作らないの？」

ルウルウは小さなためいきをついた。

「おばあちゃんは傷ついているの」

歩きながらルウルウが話してくれたのは、こういうことだった。

おばあちゃんには、離れて暮らしている娘夫婦がいる。普段はひとり住まいで、その自由さも気に入っているが、それでも彼らが帰ってきてくれることが、彼女にとってはいちばんの楽しみだったという。

会えるのはだいたい、年一回か二回。それでもその日を待ち焦がれていた。

今年の五月、娘夫婦がストラスブールに帰ってきて、一緒に過ごした。そのときに、娘の夫、つまり義理の息子が風邪を引いた。

長旅の疲れもあったのか、ひどい咳をして寝込んでしまった。もちろん、おばあちゃんは自分の自慢のヴァン・ショーを寝室に持っていった。

「彼はとても喜んでくれたのよ」

そうおばあちゃんは語ったという。

何度かヴァン・ショーを寝室に届けた。そのたびに彼は喜んで礼を言った。

だが、娘夫婦が帰ってから、おばあちゃんは気づいた。

義理の息子が寝ていた部屋の窓の外、庭の花が枯れていた。鼻を近づけてみると、ぷんと嗅ぎ慣れた匂いがした。

「シナモンとクローブと……それからオレンジの匂いよ」

すぐになぜかわかった。義理の息子が、おばあちゃんのヴァン・ショーを窓から捨てたのだ。

「飲みたくないのならそう言ってくれればよかったのに、どうしてそんなひどいことをしたのかしら」

おばあちゃんはそう言って鼻を啜り上げた。

もしかすると、なにかの間違いかもしれない。そう思って、次に娘夫婦が訪ねてきた八月、もう一度義理の息子の部屋にヴァン・ショーを届けた。義理の息子はまた喜んで礼を言った。

だが、やはり同じだった。翌日こっそり調べてみると、また窓の外に捨てた形跡がある。

彼女にとって、ヴァン・ショーは誇りだった。だれもがおいしいと言ってくれたし、マルシェ・ド・ノエルで店を出すと、どこのヴァン・ショーよりもたくさん売れた。スパイスの配合、作り方だって絶対に人には教えなかった。いつか、娘にだけ教えようと思っていた。

「わたしにとっていちばん大事なのは家族なの。離れて住んでいてもそれは同じ。どんなにほかの人がおいしいって言ってくれても、家族がおいしいと言ってくれなければ無意味だわ。だから、もう赤ワインのヴァン・ショーは絶対に作らない。あのレシピは永久に封印するの」

おばあちゃんはそう言い切ったという。

話し終えると、ルウルウは肩を落とした。

「もうミリアムおばあちゃんのヴァン・ショーが飲めないなんて、がっかりだわ」

別にヴァン・ショーに執着していたわけではないが、ルウルウの落ち込みっぷりを見ていると、ぼくもなぜか、残念に思えてくる。

ふいに三舟が足を止めた。

「悪い、少し戻っていいか？」

「え？」

ぼくとルウルウは顔を見合わせた。だが、三舟はぼくらの返事も聞かずに踵《きびす》を返して、すたすたと歩きはじめた。あわててぼくらは後を追った。

三舟は、まっすぐにミリアムおばあちゃんのところに戻った。そして、彼女になにかを問いかけた。

簡単なフランス語だから、ぼくにもわかった。

「あなたの義理の息子さんは、日本人ですね」

ミリアムの目が大きく見開かれた。そしてこっくりと頷く。

†

その後、三舟とミリアムおばあちゃんは長い話をしていた。

フランス語だから、内容はよくわからない。だが、おばあちゃんはときどき、涙を浮かべたり、そうかと思ったら笑ったりした。ときどき、ルウルウがぼくにこっそり通訳してくれたが、ルウルウだって完全には理解していないようで、それを母語ではない英語で説明しようとするのだから、なんだかわけのわからないことになっていた。

だから、ぼくがすべてを知ったのは、帰り道、三舟から話を聞いてからだ。

「だから、いちばん大きかったのは、日本人とフランス人の違いだったんだよ」

「どういうことなの？」

ルウルウの質問に、三舟はにやりと笑った。

「ルウルウにはわかるか。ミリアムの義理の息子――サトシという名前らしいが、彼はお酒が飲めなかったんだ」

ルウルウの目が丸くなる。

「飲めないって、嫌いってこと？　それとも宗教上の理由？」

「違う。好みや宗教上の理由ではない。本当に飲めないんだ。飲まないではなく、飲めないんだ」

ルウルウがまだ納得できない顔をしていることに、ぼくは驚き、そして次の瞬間、思い出した。

一部の日本人はアルコール分解酵素を肝臓に持たない。つまり「酒が飲めない」。だが西洋人はほぼ全員がアルコール分解酵素を持っている。彼らにとって、「体質的に酒が飲めない」ということは、理解しがたいことなのだ。

「サトシはフランス語があまりうまくなかったというから、それが説明できなかったのだろう。それに日本人は何事も腹にためてしまうくせがある。口で言えば簡単なのに言えなかった」

だから、ヴァン・ショーを断り切れず窓の外に捨てたのか。

そして、ミリアムも日本人なら思いつくはずの、「酒が飲めなかった」という可能性に気づくことはできなかった。

実際にルウルウはまだ理解できないような顔をしている。

ぼくは、三舟に尋ねた。

「どうして、彼女の義理の息子が日本人だとわかったんだ」

ルウルウから聞いた情報では、そんな話はなかった。フランス語で聞いていれば、わかったのだろうか。

三舟はにやりと笑った。

「ミリアムはそんなことは言わなかった。もしかしたら、ルウルウだけなら言ったかもしれないが、おれたちが一緒だったからな。日本人を悪く言うようで気がひけたのだろう」

「じゃあ、どうしてわかった」

「五月だ」

いきなり返ってきた唐突な答えに、ぼくは眼をしばたかせた。

「ミリアムは、娘夫婦が訪ねてきたのは五月だと言っていただろう。普通、ヨーロッパでは五月に長い休みは取れない。五月に長期の休みが取れるのは？」

「ゴールデン・ウィークか……」

「もちろん、仕事の関係で五月に休みが取れるヨーロッパの人間もいるだろう。だから、さっきミリアムに訊いてみた。『クリスマスは娘さん夫婦と過ごすのですか？』と。答えはノンだった」

たしかに、もし娘夫婦が日本にいるのなら、クリスマスは休みではない。休みが取れるのは年末になってからだ。

ふいにルウルウがぽつんと言った。

「そういえば、ミリアムおばあちゃんは、いつもイブが過ぎてもヴァン・ショーを売ってたわ。普通はイブを過ぎると、店は少なくなるのに」

「それにアルザスは、日本人の赴任が多い地域だ。ここで出会って結婚して、日本に行くという可能性は充分考えられる」

彼女の義理の息子が日本人である可能性に思い当たれば、ヴァン・ショーを飲めなかった理由に辿り着くのは難しくない。アルコールをいっさい受け付けない日本人は、さほど珍しい存在ではない。

ルウルウは、少し唇を尖らせた。

「でも、どうしてそんな大事なことを言わないの？　捨てるよりも言うほうが簡単じゃない。フランス語が下手でもいいじゃない。奥さんに言ってもらうという方法もあるし、サダールはフランス語ができなくても、ちゃんとわたしと話をしている。もちろん、ミリアムおばあちゃんは英語ができないかもしれないけど、わたしだって英語はそんなに上手じゃない。身振り手振りでもいいじゃない」

三舟は頷いた。

「そう、大事なのは伝えようとする気持ちだ。でも、ふと気づいたんだ。もしかすると、サトシは酒が飲めないことを知られたくなかったのかもしれない、と」

ぼくとルウルウは、顔を見合わせた。

「どういうこと？」

「ルウルウが言っただろう。ミリアムのヴァン・ショーは夢のようないい香りだったって。ハーブやスパイスなどの薬効成分は、飲まなければ効かないわけではない。その香りを嗅ぐことで、鼻孔からも吸収される。風邪で寝込んでいるとき、そばに熱いヴァン・ショーのグラスを置いてもらうことが、サトシにとっては、とてもうれしいことだったとしたら？」

ぼくは小さく声をあげた。ルウルウも気づいたらしい。

「だから、サトシは喜んだのね。嘘をついたわけじゃなくて、本当にうれしかった」

「おれはそうだと思う。そして、ミリアムも彼が本当に喜んでいると思った。だから、ヴァン・ショーが捨てられていたことに気づいて、よけいにショックだったんだ。ミリアムはとても賢く、神経の細やかな人だと思う。もし、サトシが表面上だけ喜んだふりをしていたら、きっと気づいただろう」

たとえ、ことばは通じなかったとしても、ミリアムの思いやりはサトシに伝わっていた。そしてサトシが喜んでいたことも。

「だから、ミフネはそうミリアムに言ったのね」

「そう。たぶんサトシは酒が飲めなかったということと、それでもヴァン・ショーは、風邪で寝込むサトシにとって、とてもうれしいものだったのだということ。そう聞いて、ミリアムはとても喜んでいた。それともうひとつ彼女に伝えたいことがあった。サトシにも飲めるヴァン・ショーの作り方だ」

ルウルウが不思議そうに尋ねた。

「どうやって作るの？」

「ぐらぐらと沸かして完全にアルコール分を飛ばすだけだ。ミリアムのヴァン・ショーは完全に沸かさないようにしてアルコール分を残していたからね」

それなら、もうミリアムおばあちゃんの庭に、ヴァン・ショーが捨てられることはないだろう。

†

かくして、ストラスブールのマルシェ・ド・ノエルでは、またミリアムおばあちゃんの絶品ヴァン・ショーが飲めるようになり、三舟は礼として、彼女からレシピを教えてもらったらしい。

三舟は、ぼくたちにもユースホステルのキッチンで作ってふるまってくれた。デュラレックスのグラスに入れられたそれを、ルウルウと並んで飲んだ。

「どうだ？」

「おいしい！……けど」

ルウルウが悪戯っぽく笑った。

「……だよな」

ぼくも頷く。

「なんだよ、その微妙な反応は」

三舟は機嫌を損ねたように言った。だが、本当なのだから仕方がない。

「うまいけど、ミリアムおばあちゃんの本物には敵《かな》わないね」

ぼくらは、すでに本物を味わってしまっている。夢のようにいい香りで、心まで温めるヴァン・ショーを。

「わかってるよ、それは。これからアレンジしておれのレシピにするんだよ」

いつかは、このヴァン・ショーもミリアムおばあちゃんの本物のように、だれかの心を温める日がくるのかもしれない。

そう思うと自然に笑みが漏れた。
隣にいるルウルウの目を見て、ぼくは笑った。
そう、ことばでなくても、通じ合える術《すべ》はあるのだ。

†

ぼくがルウルウに告白して、こっぴどく振られるのは、また別の話である。その話をする機会がこないことを、ぼくは密《ひそ》かに祈っている。

解説

大矢博子

食べたり飲んだりするとき、人は五感をフルに使っている。彩《いろど》りや盛りつけを楽しみ、立ちのぼる香りに食欲をそそられ、油が跳ねる音にわくわくする。舌の上でとろけたり弾力があったりと、口の中で繰り広げられる感覚も食の醍醐味《だいごみ》だ。そしてもちろん、味そのものも。

けれど小説は、それらすべてを文字だけで表さなくてはならない。文字だけで読者の五感すべてに訴えねばならない。味を伝えるだけならそれほど難しくはないが、それを「食べたい」と思わせることができるかどうかは、また別だ。

その技術に、特に秀でた作家が何人かいる。たとえば北森鴻《こう》。あるいは高田郁《かおる》。そして何より、池波正太郎。このラインナップに反論は出ないだろう。

私はそこに、近藤史恵の名を加えたい。

二〇〇八年に本書の単行本が出たとき、読み終わるや否やスーパーに走って赤ワイン、シナモン、クローブ、オレンジを買ったのを覚えている。ヴァン・ショーを飲みたくて飲みたくて、たまらなくなったのだ。

ちなみに私、酒はもっぱら芋焼酎である。しかもシナモンの香りがかなり苦手。いくら描写が美味しそうでも、普段の私ならヴァン・ショーは決してそそられないメニューだ。

それなのに「飲みたい」と思った。思わされてしまった。でもって、作ってしまった。

なぜか。それが本書の魅力を読み解く鍵である。

本書『ヴァン・ショーをあなたに』は、フランス料理のビストロ・パ・マルを舞台にした『タルト・タタンの夢』に続くシリーズ第二作である。

〈パ・マル〉はカウンター七席、テーブルは五つの、小さなレストランだ。スタッフはシェフの三舟と志村、ソムリエの金子、ギャルソンの高築の四人。気どらない料理で顧客の舌を摑んでいる。そんなビストロに持ち込まれた謎や事件を、シェフの三舟が鮮やかに解き明かす。それを語るのがギャルソンの高築——というのが前作『タルト・タタンの夢』の構成だった。

本書は少し趣向が変わっている。全七作中、高築が語り手を務める従来通りのパターンは最初の四作まで。後半三作のうち「氷姫」は〈パ・マル〉の客の視点、「天空の泉」と「ヴァン・ショーをあなたに」はフランスでの三舟の修業時代が舞台となる。また、前半四作も厳密には前作と異なるテーマがある。前作『タルト・タタンの夢』は、最後の「割り切れないチョコレート」以外はどれも、料理のレシピや食材が謎解きの鍵になっていた。しかし「割り切れないチョコレート」は、作り手の思いが主眼になる。その流れを本書も受け継いでいる。

客が飼ってくれることになった猫が舞い戻ってくる「錆びないスキレット」は道具の扱いについて。ヴェジタリアンの客の注文に答える「憂さ晴らしのピストゥ」は料理人の矜持《きょうじ》について。女性パン職人が開店直前に失踪する「ブーランジュリーのメロンパン」では職人を支えてきたものを描き、いつもブイヤベースばかり注文する女性客の謎が明かされる「マドモワゼル・ブイヤベースにご用心」では——いや、これは本編をお読みいただこう。つまり、料理や食材のミステリから、作り手のミステリへと足場が変わっているのである。

そして「氷姫」と「天空の泉」は客の物語となる。この変化の理由は明確だ。料理は作り手だけで完結するものではない。食べる人がいてこその、作り手である。そしてレストランに来る客にはそれぞれの生活がある、という当たり前の事実がある。

もちろん、前作の料理のミステリにしろ、本書の第四作までの作り手の話にしろ、すべて料理人と客とのやりとりの中で生まれてきた謎であり、それぞれの客にドラマがあったことは言うまでもない。けれど高築の視点で語られる以上、〈パ・マル〉の中にいる間の客しか描写できない。

だがこのシリーズでいちばん大切なのは、実は食べる側なのである。悩んでいたこと、苦しんでいたことが、三舟の料理と推理によって、解決され、癒される。自分の体調に合った温かくて優しい料理が体の隅々に行き渡り、心が救われる。『タルト・タタンの夢』で描かれた料理の持つ力、「割り切れないチョコレート」から本書の前半までで書かれた作り手の思い、そのふたつが一緒になって、「氷姫」以降の、食べる側の心の中に流れ込む。その気持ちは客を主人公にしなければ描けない。

「氷姫」の青年が、傷つき、ぼろぼろになって、〈パ・マル〉でポトフのスープを飲んだ。そのときの彼の独白を読まれたい。

〈ああ、と自然に声が出ていた。

これは飲み物ではない、と思った。手だ。優しい手が喉を撫で、胃の内側を優しくさする。触れることのできない場所まで、優しく触れられた。

優しくて、心地よい手だ〉

三舟の料理がどのように客を癒すのか、ここで読者は初めて知るのである。

本書の表題作を読んで矢も楯もたまらずワインとスパイスを買いに行ったのは、ただその描写が美味しそうだったからではない。それなら『タルト・タタンの夢』を読んだときに作っている。それが美味しいという描写だけではなく、その飲み物や料理がどんなふうに人の心を温めたか、慰めたか、癒したか——それが本書には綴られていたからだ。

作中のおばあちゃんがどんな気持ちでヴァン・ショーを作ったか、それを振る舞われた婿《むこ》がどんな思いを抱いたか、ヴァン・ショーにはどんな力があるか、その三要素のすべてが心に沁み渡った。その味がもたらした幸せを追体験したい。その味が生まれた舞台を再現したい。そう思わせる物語だった。

シリーズ前作が料理の話、本書の四作が作り手の話、二作が食べる側の話。その三つが、本書の掉尾《ちょうび》を飾る表題作でつながる。シリーズ随一の傑作と信じる所以《ゆえん》だ。

人は料理を五感で味わうと冒頭に書いたが、もうひとつ、心でも味わう。近藤史恵は、心で味わう様子をつぶさに描ける作家なのである。

もちろん「食べたい！」と思わせる料理描写も健在だ。今回もさまざまな料理や食材が登場する。ピストゥや各種のパン、ブイヤベース、トリュフのオムレツ、ヴァン・ショーなどなど。それはどれも本当に美味しそうで、何度つばを飲み込んだかしれない。

すごいなあと思うのは、耳慣れない料理名や材料名ばかりなのに、最小限の説明しかしないところだ。それでいて、どういう料理なのか、なんとなくわかる。細かく再読して気がついた。物語に必要なことは実はきちんと説明されている。説明がない部分は、雰囲気で流せるようになっている。その按配《あんばい》が過不足なく実に絶妙なのだ。

思い出したことがある。近藤史恵の代表作、自転車ロードレースをモチーフにした『サクリファイス』（新潮文庫）のシリーズだ。私はロードレースファンなので楽しく読んだが、驚いたのは、自転車のパーツや専門用語に殆ど説明がなかったことだ。それなのに、ロードレースをまったく知らなかった読者をして「ツール・ド・フランスを見たくなった」と言わしめたのである。

本書におけるフランス料理の描写も、これと同じなのだ。複雑なロードレースのルールも、耳慣れないフランス料理の中身も、読者が何を知っておけばいいのかのツボを押さえて説明される。しかも単語の意味ではなく、物語における意味を伝えてくれる。だから読者は、いつの間にか自然に理解している。これはすごい技術だ。

著者の他の作品については前作の三橋暁氏の解説に詳しいのでそちらをご覧いただきたいが、時代物からお仕事ミステリまで、その幅は多岐に渡る。この広い作風を可能にしているのは、その舞台特有の文化や言葉を、物語の中に取り込んで読者に伝える術《すべ》を知っているからに他ならない。

(余談だが、『サクリファイス』で近藤史恵を知って本書を手にとったロードレースファンには、「ブーランジュリーのメロンパン」が特にお勧めである。自転車とは何の関係もない話だが、ロードレース好きなら一足早く真相に到達できる、かもしれない)

ビストロ・パ・マルのシリーズは、かなりゆったりしたペースではあるが、この後も「ミステリーズ!」での発表が不定期で続いている。二〇一六年には第三弾がお届けできるはずだ。美味しそうな料理とプロによるもてなしが、また読者の胃を心を優しくさすってくれるだろう。楽しみに待たれたい。

ところで、冒頭に書いた私のヴァン・ショー初挑戦だが。

やはりシナモンの香りは苦手だったので、量を減らしてみた。少し甘味を足したくて砂糖を入れてみた。ふと思いついて、二杯目はオレンジも砂糖も使わず、代わりに冷蔵庫にあったカボスジャムを溶かしてみた。これがハマった。大満足だ。試行錯誤の末の自家製ヴァン・ショーをゆっくり味わった。そして――汗だくになった。

だって、『ヴァン・ショーをあなたに』の単行本の発売は夏だったんだもの！

あれは、ダメだ。温まりたくないのに、死ぬほど温まった。っていうかホントに死ぬかと思った。暑くて。

この文庫が冬の発行であることを、喜ばずにはいられない。作るなら今ですよ！

初出一覧　巻末の二作以外は小社刊「ミステリーズ！」

錆《さ》びないスキレット　vol.16（二〇〇六年四月）
憂さばらしのピストゥ　vol.17（二〇〇六年六月）
ブーランジュリーのメロンパン　vol.18（二〇〇六年八月）
マドモワゼル・ブイヤベースにご用心　vol.19（二〇〇六年十月）
氷姫　vol.23（二〇〇七年六月）
天空の泉
ヴァン・ショーをあなたに　}『ヴァン・ショーをあなたに』東京創元社二〇〇八年

本書は二〇〇八年に創元クライム・クラブの一冊として刊行された。
*本シリーズは、原尾有美子によりコミック化され、小学館サンデーGXコミックスから「ビストロ・パ・マルの事件簿」1・2として二〇一二年に刊行されている。

著者紹介　1969年大阪市生まれ。大阪芸術大学文芸学科卒業。1993年，『凍える島』で第4回鮎川哲也賞を受賞してデビュー。2008年に『サクリファイス』で第10回大藪春彦賞受賞。著書に『ガーデン』『薔薇を拒む』『タルト・タタンの夢』他多数。

ヴァン・ショーをあなたに

2015年2月27日　初版

著　者　近《こん》　藤《どう》　史《ふみ》　恵《え》

発行所　（株）東京創元社
代表者　長谷川晋一

162-0814/東京都新宿区新小川町1-5
電　話　03・3268・8231-営業部
03・3268・8204-編集部
URL　http://www.tsogen.co.jp
振　替　00160―9―1565
モリモト印刷・本間製本

ISBN978-4-488-42705-4　C0193

第四回鮎川哲也賞受賞作

THE FREEZING ISLAND ◆ Fumie Kondo

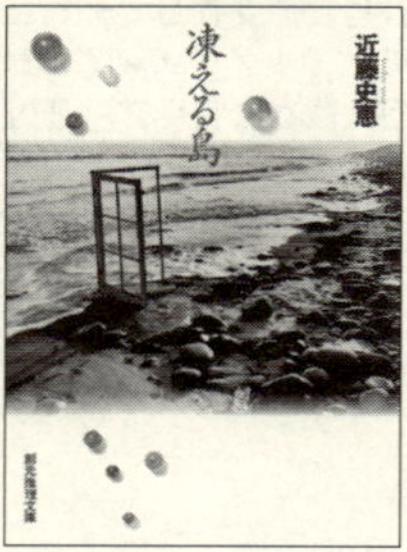

凍える島

近藤史恵

創元推理文庫

◆

得意客ぐるみ慰安旅行としゃれ込んだ喫茶店〈北斎屋〉
の一行は、瀬戸内海に浮かぶＳ島へ向かう。
数年前には新興宗教の聖地だった島で
真夏の一週間を過ごす八人の男女は、
波瀾含みのメンバー構成。
退屈を覚える暇もなく、事件は起こった。
硝子扉越しの密室内は無惨絵さながら、
朱に染まった死体が発見されたのだ。
やがて第二の犠牲者が……。
連絡と交通の手段を絶たれた島に、
いったい何が起こったか？
孤島テーマをモダンに演出し新境地を拓いた、
第四回鮎川哲也賞受賞作。